晴明の事件帖

消えた帝と京の闇

遠藤 遼

ハルキ文庫

JN118417

角川春樹事務所

目次

本書はハルキ文庫の書き下ろし作品です。

今は昔、
天文博士安倍晴明《あべのせいめい》といふ陰陽師《おんみょうじ》ありけり。
古《いにしえ》にも恥ぢず、
やむごとなかりける者なり。

（今は昔のこと、
天文博士・安倍晴明という陰陽師がいた。
古の陰陽師の大家にも恥じぬ、
すぐれた者だった。）

——『今昔物語集』

小野宮《おののみやの》右大臣とて、世には賢人右府と申す。
若くより思はれけるは、
身にすぐれたる才能なければ、
なにごとにつけても、その徳あらはれがたし。
まことに賢人を立てて、名を得ることをこひねがひて、
ひとすぢに廉潔の振舞をぞし給《たま》ひける。

(藤原実資《ふじわらのさねすけ》は小野宮右大臣というが、世間では賢人右府と申し上げる。
若い頃《ころ》からお思いになっていたのは、
身にすぐれた才能がないなら、
何事につけても、その徳は世にあらわれにくい。
まことに賢人の振る舞いを行って賢人の名を得ようと強く願って、
一筋に清廉な振る舞いをなさっていた。)

——『十訓抄』

序

自分はどこからあの人のことを書けばよいのだろう。

夜の自室で藤原実資《ふじわらのさねすけ》は日記をまえに筆を構え、慄然《りつぜん》とした。

一昨年の今上帝の践祚《せんそ》に伴い、引き続き蔵人頭《くろうどのとう》となった。それまでに右少将、左中将と順調に出世してきているのでいわゆる頭中将《とうのちゅうじょう》なのだが、将来の栄達には見切りをつけている。

それは彼の血筋によるものだった。

彼は藤原北家《ほっけ》嫡流である小野宮《おののみや》流の当主である。だが数代前から藤原北家傍流だった九《く》条《じょう》流に摂関《せっかん》家の主導権を奪われているのだ。

その代わり、彼には誰《だれ》にも奪われないものがあった。ひとつは膨大な家領であり、もうひとつは藤原家が立ち会ってきた歴史のすべてが蒸留された有職故実《ゆうそくこじつ》の教養だった。

有職故実は当代の学識の基礎と言っていい。すなわち彼はいまの都でもっとも博識な教養人のひとりだった。

さらに彼には「当世の名人」と称されるほどの蹴鞠《けまり》の腕があって、単なる頭でっかちの人物ではなかった。

その実資が頭を抱えている。――あの人のことが書けぬ、と。

あの人とは、安倍晴明《あべのせいめい》という男である。

位階は従四位下《じゅしいのげ》。三位《さんみ》となれば大納言か中納言。その上は左右の大臣と太政大臣《だじょう》なのだから、かなりの高位である。いまでこそそのように出世しているが、無位の時代は長かったらしい。

実資は頭《かぶり》を振った。

だめだ。このような官人としての履歴を書いても、あの人には届かない。

なぜなら、晴明は陰陽師《おんみょうじ》なのだから。


陰陽師――律令において定められた省のひとつである中務省《なかつかさしょう》の一部門である陰陽寮《おんようりょう》に所属する役人の総称だった。

中務省は帝《みかど》を補弼《ほひつ》する役所だが、陰陽寮には独特の役目がある。

それは占《せん》であり、星読みであり、暦《こよみ》の作成であった。四季を定め、農耕の適時を測り、方位をも観《み》るのだが、これがより抽象化されると人間の運命、国家の盛衰の占いに通じる。時の女神の心を読むことと言い換えてもいい。天地万物のありとしあらゆるものの裏に流れる吉凶のすべてを読み解く者、それが陰陽師だった。超常的な力は認識力にとどまらない。現実に彼らは悪鬼を祓《はら》い、政敵の生霊《いきりょう》を返し、病念を撃退する力をも持っていた。逆も真なりで、呪詛《じゅそ》で人を呪《のろ》う者までいた。それらの力を駆使して、彼らは帝や有力公家《くげ》に意見を述べる政治顧問の役目もしていた。

つまり、この時代は国の力で巨大霊能集団を養成していたのである。

その陰陽師のなかで、もっとも有名な人物のひとりが安倍晴明だった。

蠟燭《ろうそく》の火が揺れた。

実資は筆を構えたまま、夜空を眺める。

漆黒の闇《やみ》に海の真砂《まさご》をまいたように無数の星々が輝いていた。ある星は大きく、ある星は小さく。天の川に身を寄せている星々もあれば、少し離れて強く輝く星もあった。呼吸するように明滅している星もある。一体いかほどの数の星があるのか。名のある大きな星は数えるほどだが、名もなき星々は数え切れないほど多い。まるでわれらの生きる衆生世《しゅじょうせ》間《けん》のようだなと実資は思う。

もし、この星々が衆生世間の俯瞰《ふかん》だとすれば、晴明という星は間違いなく、ひときわ大きく輝く白い巨星だった。

「天文の星々は雄弁だ。沈黙の声は常に私たちに語りかけ、善導しようとし、未来を指し示す。われら陰陽師はその声を代弁しているに過ぎない」

そう、安倍晴明は教えてくれたものだ。切れ長の目と色白の肌と、善悪と吉凶のすべてを見通しながら何かをおもしろがっているような、あの独特の表情で。

構えていた筆の先から墨がぽとりと落ち、紙の上に黒い点を作った。

第一章　天の火、人の鬼

平安《へいあん》の都の夜は暗い。

闇《やみ》は濃く、身体《からだ》にまとわりつく。光の届かぬ深い闇に自らの五体が触れているうちに、やがて身体そのものが墨色に沈んでしまったような錯覚すら覚える。

身体を溶かすような都の夜の闇はそのまま異界の闇に通じているようだった。

闇のなかに人々が人ならざる者の息づかいを感じていた時代だ。あやしのものたち、もののけ、悪鬼などが、奥深い森や遥《はる》か遠い山の峰の向こうではなく、すぐそばに生きていた。昼なお暗い邸《やしき》の陰に、辻《つじ》の向こうに、黄昏時《たそがれどき》の己の影に、それらは共存していたのである。

闇を恐れ、人は光を求め、陰陽師《おんみょうじ》を頼った。

文机《ふづくえ》で格闘していた実資《さねすけ》は、またしても首を横に振った。筆を走らせた紙をくしゃくしゃと丸め、反故《ほご》にする。もう何度目か忘れた。

「これもだめだ。到底、余人に理解されるところではない」

晴明《せいめい》のような人間を余人に理解させようとするのが間違いだというのは、実資といえども薄々気づいている。だが、どうしても晴明の人となりを、働きを、心を書き記して、同時代と後世の人々に知らしめたい――それが実資の欲望だった。

血筋か、と思う。

藤原《ふじわら》家は大化《たいか》の改新の中心人物、中臣鎌足《なかとみのかまたり》が藤原姓を賜《たまわ》ったところから始まる。その鎌足の次男が藤原不比等《ふひと》であり、武智麻呂《むちまろ》、房前《ふささき》、宇合《うまかい》、麻呂《まろ》の四人の子供たちが藤原四家を創設した。

実資の藤原北家《ほっけ》は房前を祖とする。

房前の藤原北家は家勢の興隆こそ遅めだったが、そのぶん長く繁栄を享受し、いまや摂《せっ》関《かん》家となっていた。

藤原北家小野宮流《おののみや》は有職故実《ゆうそくこじつ》の守り人であることはすでに述べた。

彼らがその叡智《えいち》を育《はぐく》み、伝えるために用いたものこそ「日記」だった。

先祖代々の家の日記を守り伝え、儀式や各種作法や判断事項の先例故実を守る。そこに社会の秩序が生まれ、帝《みかど》と律令の統治が安定するのだ。

それゆえに、小野宮流を「日記之家《にっきのいえ》」と称する。

日記之家の知識は公文書そのものとして機能し、朝廷と摂関家に奉仕していた。

その日記之家としての矜恃《きょうじ》が、実資のなかでふつふつとたぎっている。

実資に流れ込んだ父祖伝来の知識と故事の数々は、今日に至るまでの律令政治の結晶であり、次代に必ずや引き継がなければいけない無形の財産。その無形の財産に、晴明の事績を付け足したいのだった。

「だが――わからぬ」

闇夜に、ふくろうが鳴いている。

人の寄る辺としての陰陽師を、自分は書きたいのだ――。

物事が複雑でわからなくなったときには、その成り立ちに戻るべし。これも日記の教えだ。実資は筆を一旦《いったん》置くと、晴明を初めて目にしたときの記憶を探し始めた。

あれは、春だった。

何年前だったかはさだかではない。左近《さこん》の桜が見事に花を咲かせ、春めいた風がした。右近《うこん》の橘《たちばな》は緑の葉をつけ、どっしりと鎮座している。清涼殿《せいりょうでん》の帝から見た向きに合わせて左近の桜と右近の橘と呼ばれるので、建物に向かって立つと左右は逆になった。かつて左近は桜ではなく梅だったが、承和《じょうわ》の頃《ころ》に植え替えられたとされている。

その春めいた景色の中、実資は気心の知れた公家《くげ》たちと蹴鞠《けまり》を楽しんでいた。蹴鞠は実資の得意とするところである。

若い公家たちが笑いざわめきながら鞠を蹴り合っている。

ひとり、蹴り損なった。

鞠が落ち、みながどっと笑う。

ああ、と蹴り損なった藤原顕光《あきみつ》が額の汗もそのままに悔しげにした。正三位権中納言《しょうさんみごんちゅうなごん》という公卿《くぎょう》だが、四十の賀が近い年のせいか蹴鞠は苦手らしい。

顕光が必死に転がる鞠を追う背中が、また周りの苦笑を誘った。

「実資どの、お強い」

と狩衣《かりぎぬ》姿の若い男が笑って、軽やかに鞠を拾う。名は藤原道長《みちなが》。摂関家の一員だが五男という立場で、将来については微妙だったはずなのだが、いつの間にかよい目と面立ちになってきていた。いつかは、鞠を落とした顕光を抜いてしまうかもしれないと実資は思っている。

道長は、実資より十歳近く年下だが、運だけでも実力だけでも難しい芸当をやってのけていた。

「すまんな。道長どの」

実資が額の汗を拭《ぬぐ》ったときである。

風が強く吹いた。

桜の枝が踊り、花びらがわずかに散る。

もったいない、と目を細めて見やれば、その向こうに白い狩衣を着た男がいた。

色白、切れ長の目。眉《まゆ》は三日月のように冴《さ》え冴えとしていて、鼻筋が通っている。薄い唇にはかすかに笑みが浮かんでいたが、何に対して微笑《ほほえ》んでいるのかわからない不思議な笑みだった。かといって御仏《みほとけ》のような慈愛の笑みとも違う。清濁併《あわ》せのんだ苦笑のようにも、人の世の愚かさへの愛惜のような笑みにも見えた。そうでありながら、桜の花びらの向こうですらりと立つ姿は、天人のように見えた。

「ああ、安倍《あべの》晴明どの」

と誰《だれ》かが言った。道長だったかもしれない。

あれが噂《うわさ》に聞く安倍晴明か、とだけ思ったのを覚えている。

曰《いわ》く、白狐の子だとか、鬼神をも動かす陰陽師だとか、噂では聞いていたが目にしたのは初めてだったのだ。

晴明は蹴鞠をしているこちらをじっと見ていたが、互いに声はかけなかったと思う。

気がつけば晴明は幻のように消えていた。

実資は蹴鞠に熱中していた。勝った者に笛が与えられる約束だったからだ。

初めて晴明と言葉を交わした日は、忘れようがなく覚えている。

その日は新築した邸に引っ越した日であり、その家が焼けてしまった日だからだ。

寒い冬の夜だった。引っ越しを終えて火鉢を出したが、御簾《みす》の縁《へり》に火がついて出火したのだという。

建てたばかりの新しい木の匂《にお》いに、あっという間に木が焼ける匂いがこびりつく。

「車を寄せろ」

と牛車《ぎっしゃ》を呼んで飛び乗り、とにもかくにも外へ出た。手には笛を持っている。清涼殿の蹴鞠勝負で得た笛だった。なぜこの笛だけを持ってきたのかはわからない。

われながら手が震えている。

夜闇に赤い光が見え始め、牛車を停《と》めて外に出た。

声も出ないとはこのときの実資のことである。

何ということだ。引っ越しした日に邸が燃えているのだ。ほんのわずかな火が、もう天をちろちろとなめ始めている。

一体いかなる宿世《すくせ》の因縁《いんねん》なのか――。

そのとき、横合いから涼やかな男の声がした。

「燃やしてしまいなさい」

あまりの暴言。ぎょっとなって声の主を見ると、純白の狩衣を着た男がいつの間にか立っていた。その、切れ長の目に見覚えがある。

「あ。あなたは安倍晴明どの」

するると男――晴明は何とも楽しげに微笑んだ。

「一瞥《いちべつ》以来ですが、覚えていただいていましたか」

ふと春の桜のような温かな風を心に感じて話し込みそうになったが、いまはそれどころではない。

「それよりも、火だ。いまおぬしは燃やしてしまえと言ったが、一体どういうことだ」

晴明は一歩、彼に近づいた。

「いまあなたは自分の宿世の因縁を考えておられた」

「え？」

「近頃、都は物騒です。夜は鬼やもののけどもが人を襲い、昼間は人間同士がいがみ合ってときに殺し合う。されど、いま目の前にあるのは天がくだされた火です。天が授けた災いと言ってもいい。天の力に人の力であらがえばどうなると思いますかな」

「……人が勝てるわけがない」

ばちばち燃える音が大きくなる。

「天には意志があります。その意志は人には慮《おもんぱか》ることしかできない。人の都合で天の意志を曲げようとしても、鴨川《かもがわ》の水をせき止められないように、人の力を越えて天の力が臨みます」

そのときには、天は容赦しない。人のなしたあらゆる工夫は児戯《じぎ》として蹴散らされるだろうと晴明は言っているのだった。

「天の意志……それが陰陽師が読むものなのか」

と実資が問うと、晴明は目を細めて口角を上げてみせる。

家人《けにん》たちがやって来た。

「実資さま。周囲の人々が火を消すために集まってきています。みなで火を消しましょう」

「引っ越したばかりなので荷物はまだ解ききっていません。いまのうちに少しでも運び出しましょう」

家人たちはみな動揺し、浮き足だって声がうわずっている。

彼らの訴えを聞きながら、実資は目を閉じた。頬《ほお》に熱が感じられる。火がまた勢いを増してきたようだ。

しばらくして、彼は目を開いた。

「いや、やめよう」と実資が言うと、家人たちがどよめいた。

「そんな……」

「あんな小さな火がここまで燃え広がるとはただ事ではない。あれは天がくだされた災いなのだ。人間の力でこれに対抗しようとすれば、必ずやあらためてもっと重大な事件が身に起こるであろう」

「実資さま――」

「何によりてか、あながちに家一つを惜しむに足らん。幸い、わが家の命脈たる父祖伝来の日記はまだ古い邸から運び込んではいない。戻ろう。昔の邸へ。ただし、この火が周りに広がって怪我人《けがにん》が出ないよう、きちんと鎮めよ」

実資は持っていた笛を笏《しゃく》のように振って指示をした。彼の冷静さに、動揺していた家人たちが涼風に吹かれたような顔になっている。

「さすが実資さまだ」

「このような非常のときにこそ人物がわかるというが、まさに」

少しくすぐったい。横を向けば晴明の秀麗な顔があった。実資が口元に笑みを見せると、晴明も笑みで返す。

「天の心に従うのは、賢人の徳というものでしょう」

と晴明が実資に語りかけた。いま自分は天の意志に従っているのだと思うと、実資の心は琵琶湖《びわこ》のように平静だった。

燃える火の音と熱と光はまもなく消えた。

鎮火を確かめると、晴明がどこかへ歩いていこうとする。実資は慌てて彼を追った。

「晴明どの。どちらへ行かれる」

その声にしばらく晴明は答えない。実資が何度か呼びかけ、火事を見物している連中からだいぶ離れて大路に出たところで、やっと振り向いた。

「せっかくの新しい邸が燃えてしまわれたこと、お悔やみ申し上げる」

実資は困惑した。

「あの火事は天の意志であろう。そのようなお悔やみの言葉を述べていいのか」

すると晴明はそっと微笑んだ。

「天は決して無慈悲ではない。人に火を下せば痛む心もあるし、人のために泣く心もある」

「だったら、どうしてわざわざ人に災いを下すのだ」

「それが天の心だからだ」

そう言って晴明は腕を上げて天空の星々を指さす。

「おぬしがいう天とはあの星のことなのか」

「天地万物を創《つく》りたる天帝。盤古《ばんこ》または盤牛王《ばんごおう》。天御祖神《あめのみおやがみ》。釈迦大如来《しゃかだいにょらい》。星々はその眷属《けんぞく》。天文は天の心を読むのが奥義」

「おぬしの話は難しいな」

「これでもわかりやすく話しているつもりだがな」

「そうなのか？」

「陰陽道《おんみょうどう》の書物はどれをとってもいまの私の話の何倍も難しいのではないかな。まあ、私自身でできるだけやさしいものを書こうとは思っているが」

晴明は手を下ろし、今度は軽く顎《あご》をそらせて顔を星に向けている。

「そんなに難しいものなのか」と実資はその横顔に語りかけた。

「本朝の陰陽道の祖は吉備朝臣真備《きびのあそんまきび》どのと言われる。真備どのは大仏建立の頃の人物。その間、善意の書き足しもあれば、すり替えられた記述もあろう」

「ふむ……？」

「あえて難しく書くことで、余人を遠ざけることだってある。細かな字義の解釈を繰り返すうちに、徐々に陰陽道の命からは遠のいて行ってしまう」

実資が苦笑する。

「耳が痛いな。わが小野宮流は日記之家として律令や儀式の定めの細かな字義の解釈をもって政《まつりごと》を支えているというのに」

「しかし、おぬしは先ほどの私の話を理解した」

晴明がにやりと笑った。実資の邸の火事の件を言っているのだ。

実資もにやりと笑った。

振り向けば、燃えてしまった邸が見える。

そこだけがぽっかりと何もない。何も感じさせない。

「黒いな」と実資が呟《つぶや》くと、晴明もそちらを見た。

「地の闇を見るのも天の光を見るのも、人の心ひとつ」

歌を詠《よ》むように雅《みやび》な晴明の声に、実資が再び彼に首をねじ向ける。

「そういうものかもしれんな」

「そういうものかもしれんよ」

風が出てきた。かすかに身を震わせる。犬の遠吠《とおぼ》えが聞こえた。

「ところで、おぬしは何をしにこんなところに来ていたのだ」

晴明は顎で星空をさした。

「見てみよ。都に変事が起きると天文が告げている」

「変事だと?」

また風が吹いた。今度の風は生暖かい。ぞくり、とうなじ辺りが粟立《あわだ》った。気がつけば、火事の見物人たちの気配が消えている。最初からそのような人々などいなかったかのような静けさ。

生あるものの気配がなくなっていた。

誰に命じられたわけでもないのに、実資は大路《おおじ》の向こうに目を凝らした。

闇の向こうに、蠢《うごめ》くものがいる。

「来るぞ」と晴明が短く言った。

「く、来るって何が来るんだ」

「何が来ると思う?」と晴明が飄々《ひょうひょう》と答える。

「び、美貌《びぼう》の姫が牛車で来てくれればうれしいがな」

実資が精一杯の虚勢を張ると、晴明が呵々《かか》と笑った。

「ははは。実資は賢人だけではなく、豪傑の素質もあると見える」

「ほ、本当は何が来るというのだ」

わけもなく脂汗が止まらない。

すると晴明はこともなげに言った。

「鬼のようだな」

「あなや。鬼だと?」

先ほど、晴明が言っていたとおり、最近の都では夜な夜な鬼が出ては人を喰《く》うと言われている。数日に一度は、そのようにして無残に殺された人間が見つかっていた。

「鬼どもの行列。百鬼夜行《ひゃっきやこう》らしい」

夜闇に紛れて幾百幾千のあやしのものどもが都の大路を練り歩く。ひとりでも恐るべき存在の鬼が、群れをなし、列を作ってやってくる……。

運悪く出くわした男はみな殺され、女子供は見つかればどこかへさらわれていくという。

「くそっ。火事の次は百鬼夜行だなんて。これも天の災いか？」

「さあな」

晴明は大路の真ん中に立った。狩衣の袖《そで》を合わせている。

「おい。鬼と言うことは、人間を喰うのか」

「鬼なら、喰うだろうな」

「俺《おれ》たちを喰うのか。男は殺されるのだったか？　ああ、どうでもいい。それより晴明。おぬしはかつて童《わらべ》の頃にも百鬼夜行に出くわしたのだよな？」

「ふふ。よく知っている。さすが日記之家」

「た、対処法を知っているのだよな？」

「あのときは賀茂忠行《かものただゆき》さまが秘術を指導なさった。私は何もしていない」

勘弁してくれ、と言おうとして実資の声が止まった。

夜の漆黒の闇の中、鬼たちが見えた。どういう理由によるのか、鬼たちの身体がぼうっと青白く浮かび上がっているせいで、夜闇にあってもそれとわかるのだ。ねじれた角、ひどい歯並びの牙《きば》、乱れきった総髪に汚れて破れた粗末な衣裳《いしょう》。腐臭と糞尿《ふんにょう》の入り混じったようなひどい匂いがした。

「うっ――」実資は思わずえずいた。

晴明はただ立っている。鬼など見えていないのではないかと思うほど、自然に立っていた。春、左近の桜の花びらの向こうに立っていたのと同じ、清げな姿である。汚泥のなかにすらりと茎を伸ばした白い蓮《はす》の花のようだった。

鬼どもが晴明と実資を見て、止まる。

――晴明だ。

――晴明だ。

――あやつは敵だ。

――敵はとって喰おう。

――待て。もうひとりいる。

――若い公家だ。笛なぞ持っておる。

――ほう。晴明がつまみを用意したか。

鬼どもが下卑《げび》た笑い声を立てた。

冗談ではない、俺はつまみなどではない。鬼に向かってそう言いたかったが、喉《のど》の奥がひりついて声が出なかった。恐怖が心を乱暴に握りつぶそうとする。胸の鼓動は乱れ、息が荒くなった。百鬼夜行の前のほうの鬼の顔がくっきり見える。濁った目がみな自分を見ているように思えた。

その行列の中に、ひどく場違いな者がいる。

老爺《ろうや》だった。着ているものは襤褸《ぼろ》だが、鬼たちが担ぐ小輿《こごし》の上に座っている。生暖かい風が老爺のばさばさの白髪と髭《ひげ》を揺らしていた。顔にはいくつもの深いしわが刻まれている。普通、そのようなしわは年を経た結果として刻まれるものだが、彼のしわは何かと引き換えに刻まれた入れ墨のようなしわに見えた。

「あのじいさんは、鬼どもに捕まっているのか」

「違うな」と晴明が断言する。「鬼どもを率いているのさ」

何だと、と聞き返そうとしたとき、老爺がにたりと笑って輿の端を叩《たた》く。

「鬼どもよ。今夜の贄《にえ》ぞ。喰らうがよい」

鬼どもが歓喜した。

あるものは刀を持ち、あるものは長くとがった爪《つめ》をひけらかす。

晴明は鬼に何も答えず、そっと目を閉じた。

まさか、晴明はほんとうに自分を鬼どもに差し出そうとしているのではなかろうか。

恐怖に怒りが加わる。そばの晴明の涼しげな顔が見たくもないほどに腹立たしかった。

鬼たちが笑った。

実資が晴明の狩衣に手を伸ばそうとしたときだった。


「東海の神、名は阿明《あめい》。西海の神、名は祝良《しゅくりょう》。南海の神、名は巨乗《きょじょう》。北海の神、名は禺強《ぐきょう》。四海の大神、百鬼を避《しりぞ》け、凶災を蕩《はら》う。――急急如律令《きゅうきゅうにょりつりょう》」


晴明が呪《しゅ》を唱えた。彼の全身から白い光がほとばしる。

一瞬、目が見えなくなるほどの閃光《せんこう》。

あ、と言って実資は袖で目を守る。

光はすぐに収まった。

「晴明。いまのは何だ――」

すると晴明は先ほどまでの笑みで、

「ほう。あの光が視《み》えたか」

「それより鬼たちが――あれ?」

実資は愕然《がくぜん》とした。

さっきまでいた鬼ども、百鬼夜行がいないのだ。

実資は目をこすった。

しかし、鬼どもは影も形もない。

犬の吠える声がした。火事の見物人たちが家路につく音がする。

人の気配がこんなにもありがたいものだとは思わなかった――。

「鬼なら私の呪で返した」

と言う晴明の言葉に、実資が呆《ほう》けたようになる。

「返した？　あんなにいた、鬼どもの行列を――？」

その鬼どもはもういない。

だが、鬼に担がれていた老爺だけは残っていた。えらの張った顔は相変わらずににたにたと笑っているのだが、その目からは何の感情も読み取れない。

「あの御仁は人間だから、鬼とともに消えることはないさ」

「御仁？　人間？」

老爺の笑い声がした。

「ほっほっほ。わが百鬼夜行を破るとは、さすがは晴明どの」

実資の身体にまたしても怖気《おぞけ》が走る。そんな笑い声だった。

「お褒《ほ》めの言葉、痛み入ります」

と晴明が丁寧に答える。

「おぬしは誰だ⁉」と実資が身構えた。無意識に腰に手をやるが、刀はない。

老爺がにたりと問いかけた。

「わしか？　人に名を尋ねるときには、己が先に名乗るものではなかったかな」

「何？」

「ほっほ。人の姿を取った悪意と鬼の姿を取った悪意。おぬしはどちらが恐ろしかったかのう」

実資の身体が小刻みに震える。「だ、誰だと言っているのだ。答えろ」

「落ち着け。実資」

晴明が実資の肩に手を置いた。その手の温かさが、気持ちを鎮める。

「あ、ああ……そうだな。落ち着こう」

老爺は相変わらずにたにたしているが、いままでの不気味さは水面《みなも》に映った影のように輪郭を失っていた。

「最近、都が物騒なのはあなたの仕業ですね？」

「何だと？」と実資が色めき立つ。

「わしは何もしておらぬぞ。不満を抱いている公家にその不満を認めてやり、腹を空《す》かせた鬼どもに餌《えさ》のありかを教えてやっただけのこと。それにしても、いまのは惜しかった」

「何がだ」と実資が虚勢を張った。

老爺がゆっくりと歩み寄る——と思った次の瞬間には実資の眼前にいる。

実資が飛び退《の》いた。頬が粟立っている。実資は言葉を失っていた。なぜそんなことをしたのかを聞きたいし、どうすればそんなことができたのかも聞きたい。いろいろな思いが一度に口から出たがって、混乱していた。

「ふむ。藤原実資。祖父であり養父である藤原実頼《さねより》が丹精込めて育て上げた日記之家の跡取り。よい目をしておる」

「俺のことを知っているのか」

あたりまえだ、と晴明が老爺を見据えたまま続ける。

「先ほどの百鬼夜行、狙《ねら》いは私ではない。おぬしだったということよ」

「俺？」

「そうでございましょう？　蘆屋《あしや》道満《どうまん》どの」

晴明に名を呼ばれた老爺、道満が笑った。

「ほっほっほ。いやはや晴明どのは何でもお見通しか」と道満が手をたたく。「火事で気が滅入ったところに、鬼どもを見れば心は絶望するのが常人。運命を呪《のろ》い、神仏を呪い——その絶望と呪いの心が鬼どもが喰らうときには、この上ないうまみになったものを」

「そのような真似《まね》はさせませんよ」

と、晴明は彼に微笑みかけた。そのとき、実資は気づく。火事のときにはこの世離れしている怜悧《れいり》さを見せた晴明が、いまはあの老爺にすべての神経を集中しているのだった。

「蘆屋道満……それがあの老爺の名前か」

「そう。私と同じく陰陽師だ」

「何⁉」と実資は晴明の横顔を睨《にら》むようにする。

「われら陰陽寮《おんようりょう》の陰陽師は官人陰陽師。道満どののような在野の者たちは法師《ほっし》陰陽師と称される」

「俺が考えていた陰陽師とはずいぶん違うようだ」

互いに腹蔵のない会話のやりとりになっていた。

晴明が道満に再び対峙《たいじ》する。

「さて道満どの。実資を鬼の食事に差し出すのはいささかもったいなかったのではありませんか？」

「たまには小野宮の当主くらい喰わせてもいいじゃろう」

「われら陰陽師はなかなか本心は見せぬもの。――本当にそうお考えだったのでしょうか」

「…………」

道満が黙っていると、晴明は実資に声をかけた。

「実資。百鬼夜行に対したとき、おぬしの心には何があった」

「え？」

「鬼への恐怖。私への不信や怒り。そんなところではないか」

「う、うむ」言い当てられて頰が熱くなる。

「恐怖も不信も怒りも、鬼の心よ。おぬしのなかに鬼と通じる心を作り出し、ささやき、支配し、取り込む」

道満が笑った。「くくく。晴明どのは聡《さと》い。こやつが鬼に落ちれば朝廷は困るじゃろうからな」

「お、俺が鬼に……？」

再び胃の腑《ふ》のものがこみ上げてくる。

「ほっほっほ。日記の若造、どのような鬼になったか見てみたかったわい。じゃが、おぬしがいたとなればわが術が破られるのも道理」

「ご冗談を。私がいるのを知っていて、わざと鬼をけしかけたでしょう」

道満は話題を変えた。「天文は、何と言っておる？」

「都に変事が起きる、と」

さらりと答えた晴明に、実資が目を見開く。

「そんなこと、教えていいのか。こんな——得体の知れぬ者に」

彼の懸念を、道満が嘲笑《ちょうしょう》した。

「ほっほっほ。何事も人を見た目だけで判断せぬこと——これは陰陽師の基礎ぞ」

「あいにく、俺は陰陽師ではない」

「威勢のよい若造は嫌いではないぞよ」

実資が眉根を寄せる。

「都の変事とやらは、あの道満なる男がもたらすのではないのか」

気色ばんだ実資を晴明が押しとどめた。

「やめるのだ、実資。そのように逸《はや》る心では、また道満どのの術中にはまるぞ」

夜の風が道満の笑い声を運んできた。その彼の姿が夜闇に溶けていく。

あなや、と驚く実資の耳に老いた男の声で歌が聞こえてきた。

はちす葉の　にごりにしまぬ　心もて
なにかは露を　玉とあざむく

——蓮は濁った泥水にあって泥水に染まらぬ心を持っているのに、なぜ葉の上の露を玉のように見せかけて人をあざむくのか。

「これは、『古今和歌集』にある僧正遍昭《そうじょうへんじょう》の歌ではないか」

「ほっほ。若造。物知りだな。いまの都は『あざむく蓮』。釈迦大如来はこの世の煩悩《ぼんのう》の汚辱を泥沼にたとえ、それに染まらず清らかな華をつける蓮を愛されたが、さて、いまの都を見て何とおっしゃるかな」

「何だと」

すっかり道満の姿が消え、その声だけがかすかに聞こえてくる。

晴明よ、都の平穏を賭《か》けて久しぶりに遊ぼうぞ。

おぬしが負ければ都は転覆する、と――。

晴明との出会い、また道満との出会いをそこまで書いて、実資は筆を擱《お》いた。

「都の変事、か」

それから、いくつかの出来事があった。まだすべてが解決したわけではない。晴明が視た変事はまだ続いているのだった。

東の方が明るくなっている。一番鶏《いちばんどり》が鳴いていた。

第二章　道満の呪と生霊

鴨川《かもがわ》が音を立てて流れていた。

この川はいつも音とともにある。ときどき魚のはねる音やその魚を狙《ねら》う鳥の声が交じった。都育ちの者たちにとって、鴨川はなじみ深いとともに五月雨《さみだれ》や野分《のわき》の季節には氾濫《はんらん》するかもしれない恐ろしさを秘めていた。

藤原実資《ふじわらのさねすけ》は牛車《ぎっしゃ》に揺られながら、無感動にその流れを見つめていた。

賀茂《かも》大社に詣《もう》でた帰りである。

数日前に新邸が引っ越した日に焼けてしまうという目に遭《あ》い、さらには蘆屋道満《あしやどうまん》なる者から百鬼夜行《ひゃっきやこう》をけしかけられた。陰陽頭《おんようのかみ》・賀茂保憲《かものやすのり》、またその父・賀茂忠行《ただゆき》――幼き日の安倍晴明《あべのせいめい》が百鬼夜行を見破った話に出てきた人物――ら、賀茂家の氏神《うじがみ》たる賀茂大社に参《さん》詣《けい》して禊《みそ》ぎをしようとしたのである。

本当ならすぐにでも行きたかったのだが、旧邸に戻れば戻ったで家人《けにん》たちの動揺を抑えたり見舞客と話をしたりで数日が過ぎてしまったのだった。

「やれやれ。神前にぬかずいて多少なりとも心が軽くなったわ」

牛車の中で身体《からだ》を斜めにしてくつろいだ座り方をする。

「ご心労、お察しします」と横についている家人が声をかけてきた。

ありがとう、と答える。返事が軽くなってしまったような気がした。仕方がない。家人は邸《やしき》の火のことは知っていても、そのあとの百鬼夜行までは知らないのだ。

ふと、晴明のことを思い出した。

決して忘れていたわけではないし、忘れようがなかったのだが、頭の片隅に常にありながら浮世の忙しさにかまけて忘れていたというか、あえて目をそらせていたというか。

実資は小さく頭《かぶり》を振った。

日記之家《にっきのいえ》の生まれとして、実資は自分の行動や心情を日記に書くように常に見つめる癖がある。自分を見つめるもうひとりの自分がいると言ってもいい。その自分に言わせれば、「晴明が怖いのだろう」となる。

正確には、晴明に象徴される未知の世界への怖さだった。単純な恐怖は三分ほどで、うかつに足を踏み入れたら深みにはまってしまうという恐怖のほうが大半だったが……。

自分の邸が見えてくる。

青い空の下に連なる古い甍《いらか》を見ると、訳もなくほっとした。

「おや？　門のところに誰《だれ》かいます。変わった格好の男です」と家人が報告する。

牛車の側面にある物見《ものみ》からではよく見えなかったので、前簾《まえすだれ》をわずかに開けた。

家人の言うとおり、男が立っている。背が高い。精悍《せいかん》な顔をしていた。目は鋭く、眉《まゆ》は凛々《りり》しいのだが、どこか透明なものがある。体つきはしっかりしているし、刀を腰に差しているから武官のようだが、それにしては色が白い。何よりも不思議なのは家人が「変わった格好」と評した衣裳《いしょう》だった。

「皀緌《くりのかとり》の頭巾《ときん》の冠に、位襖《いおう》の下に半臂《はんぴ》を重ねて白袴《しろきはかま》をはいている。養老《ようろう》二年の衣服令で定められた武官の衣裳か」

日記之家の知識が、門の男の衣裳を判別させる。

「養老二年……？」

「二七〇年ほどまえ、奈良《なら》の都の時代だよ」

「そりゃあ、古めかしい。変な格好をしていると思ったはずです」

「たしかに。だが、ただ古いだけで礼法にかなっていないわけではない。問題は色だ。色がおかしい。丹《に》色とも違う。あんな燃えるような赤色は定めにないぞ」

二七〇年前の装束《しょうぞく》の男がいるよりも、その色が衣服令に沿っていない方が奇異に感じてしまうのが実資という人間だった。

牛車が門に近づき、門の男がこちらに気づく。男が笑った。夏の日差しの下で川遊びをしている童《わらべ》のような、邪気のないさわやかな笑顔だった。

「小野宮《おののみやの》実資どのの牛車とお見受けする」

やや低めの声だが、これも澄んでいる。

「いかにも、これなるは藤原実資さまの車。あなたさまはどちらの方でしょうか」

家人が問うと、男は大股《おおまた》で牛車に近づいてきた。ほとんど前簾に手が触れんばかりに寄ってくると、

「俺《おれ》は晴明の使いだ。せっかく訪ねたのに留守だと聞き、待っていた」

実資は前簾を開けた。「安倍晴明どのの使い？」

そうだ、と男はいい笑顔を見せた。

「実資どのだな。主《あるじ》の晴明が、戻られたらすぐ邸に来てくれとのこと」

「すぐ？」

「天文の巡りがよいのだそうだ」

実資は家人と顔を見合わせた。その間に、使いを名乗った男は「たしかに伝えたぞ」と言い残して踵《きびす》を返す。待ってくれ、と声をかけると男はたたらを踏んだ。

「もし、晴明どののところへ行かなかったらどうなる？」

すると男は不思議そうに実資の顔を覗《のぞ》き込んでくる。

「そのようなことを言う人間は初めてだ。普通は陰陽師《おんみょうじ》・安倍晴明に会いたがる者が多いが。なるほど、主が気にかけるなりの理由があるということか」

「どうなるのかね」と実資は重ねて問うた。できればあのような恐ろしい目には遭《あ》いたく

ない。

すると男は髭《ひげ》の生えていない顎《あご》に指を当てて思案顔を見せた。

「よからぬことが起きるだろうな。おぬしにも、おぬしの周りにも」

今日の天気を話すように気楽に答え、男は今度こそ足早に立ち去っていく。よからぬことが起きる、という告げられた内容が頭を占め、気づいたときには辻《つじ》の向こうに砂煙を残して男は走り去っていた。

「どうしたものかね」

「安倍晴明さまほどの陰陽師が『天文の巡りがよい』とおっしゃるのですから」

「しかも行かなければよからぬことが起きるのだろ？」

「左様でございます」

ひどい脅しもあったものだ。

「行くしかないよな」

実資はため息をついて、家人に晴明の邸へ向かうように命じた。


晴明の邸は土御門《つちみかど》大路からは北、西洞院《にしのとういん》大路から東にあった。広さは六戸主《へぬし》（東西六〇メートル、南北四五メートル）なので、十分な広さだ。

塀の上に松が茂っているのが見えた。松は冬でも緑色の葉をつける。実資にはその緑が好ましく感じられた。「歳寒《とし》くして、然《しか》る後に松柏《しょうはく》の彫《しぼ》むに後《おく》るるを知るなり」と呟《つぶや》く。『論語《ろんご》』の一説だった。「厳しい寒さがやってきて他の草木がしおれてしまって初めて松や柏《かしわ》の葉がしぼまないのがわかる」という字句の意味から転じて、危急のときにこそ人物がわかるという意味で学ばれている。多少なりとも『論語』を学んだ人間にとってはなじみがあると同時に、己を鼓舞する言葉だった。

牛車を門に着け、家人に名乗らせようとしたときだ。

かすかな音を立てて、門が開いた。

「あなや」と家人の声がする。

どうした、と前簾をわずかに開けて尋ねた。

「い、いま、こちらが名乗るよりも早く邸の門が開いたのです」

「偶然ではないのか」

「それが、門のところには誰もいないのです」

「何だと」

門のまえで牛車を停《と》め、下りる。頑丈そうな木の大門が両開きで内側に開いていた。これほど大きな門扉がひとりでに、しかもこちらの来訪を待っていたかのようにひとりでに開いたのだとしたら、あやしのことである。

だが、決して無人ではなかった。

「藤原実資さまでいらっしゃいますね。お待ちしておりました」

鈴を転がすような澄んだ女性の声。その姿を目にした実資のほうが思わず顔が熱くなった。それほどの美貌《びぼう》であり――また顔を隠していなかったのだ。この時代、ある程度の身分ある女性が夫あるいは親兄弟などのごく親しい間柄以外で顔を人目にさらすのは、恥ずかしいこととされていた。

口を「あ」の形にしたまま、実資が言葉を失っている。

ふっくらとやさしげな頰《ほお》に桃色の肌、円弧を描く眉ときらきらと輝くような瞳《ひとみ》、鼻はやや小ぶりだったが、桜のつぼみのように可憐《かれん》な唇とよく合っていた。

「とんでもなくきれいな人ですね……」家人が呆然《ぼうぜん》と呟いている。

「う、うむ」

あまり色恋沙汰《ざた》が賑《にぎ》やかではない実資だが、とてつもない美貌の持ち主だとはわかった。だが、年齢だけがわからない。十代の少女のようにも見えるし、二十代の大人の女房のようにも見えた。

ますます晴明という男がわからなくなってくる。

門の向こうで待っていた人物が目を見張るほどに美しかったからだけではない。着ている衣裳が十二単《ひとえ》、いわゆる女房装束の流れを汲《く》むものではなかったせいでもあった。

彼女は柔らかい若緑色の上衣を白い裳《も》着《ぎ》と柄のある帯紐《おびひも》でしめ、薄い桃色の領巾《ひれ》を肩に羽織るようにしている。

「平城《へいじょう》の都の頃《ころ》から平安《へいあん》の都の初期までの衣裳。こちらは故実にあった色使い。ああ、その髪型は宝髻《ほうけい》に釵子《さいし》をさして……。日記では読んだが実物を見るのは初めてだ」

それを着ているのは天女もかくやという楚々《そそ》たる美姫《びき》なのだ。

すると彼女は長い袖《そで》で自らの顔を隠した。

「あまりまじまじと見られますと、照れてしまいます」

と頬を赤らめた仕草のすさまじい艶《つや》っぽさに、実資は狼狽《うろた》える。

「あ、いや。大変失礼申し上げた」

実資のところへ言付けに来た若者といい彼女といい、晴明は自分の家人たちに古風な衣裳を身につけさせるのが趣味なのだろうか。

「主のところへご案内します」と袖を顔から外した彼女が邸に招いた。

晴明を主と呼ぶからにはやはり女房のようなものなのだろうか。

失礼する、と実資が頭を下げてなかに入った。家人たちは牛車に残していく。

……男でも動かすのが難儀なほど頑丈な門扉が両開きになったこと、そもそも門から彼女の立っていた場所までは距離があること。これらの理由により、あの美姫が門を開けたとするには無理があり、要するに門はひとりでに開いたとしか言えないと実資が結論づけるには、もう少し時間が必要だった。

晴明は母屋《もや》にいた。柱に寄りかかりながら片膝《かたひざ》を立てて庭を眺めている。実資さまをお連れしました、と先ほどの美姫が言うと、晴明は切れ長の目に笑みを浮かべてこちらを向いた。

「しばらくぶりだな。実資」

「あ、ああ」実資はすっかりのまれている。「こちらこそ、先日は晴明どのに世話になった」

晴明の笑みが苦笑に変わる。

「過日は互いに呼び捨てであったろう。再びかしこまる必要もあるまい」

「ああ」馬鹿みたいに繰り返すばかりだった。

「ふむ。束帯《そくたい》姿とは、このあと参内《さんだい》か」

実資は両手を広げて、青色の袍《ほう》を見せる。

青色は緑から藍のいわゆる寒色系の色だが、帝《みかど》などしか用いることができない禁色《きんじき》だった。

束帯は公家《くげ》男子の正装で、昼装束《ひのそうぞく》とも呼ばれた。もともと、朝廷に出仕する際の装束で、かつて律令で定められた官服のひとつである朝服が時代を下って変容したものだった。

いま実資が広げて見せた袍の下に、半臂、下襲《したがさね》、衵《あこめ》、単を着ていて袍の上から石帯《せきたい》をしめている。狩衣《かりぎぬ》のときのような烏帽子《えぼし》ではなく、冠をかぶっていた。

ちなみに宿直《とのい》をするときには衣冠と呼ばれる装束に身を固める。束帯が昼装束と言われるのに対して衣冠は宿直装束と呼ばれ、ふたつ合わせて「衣冠束帯」と称された。

最近ではその区別も曖昧《あいまい》になってきているが、実資はその辺りをかたくなに守っている。これもまた、日記之家の矜持《きょうじ》だった。

さて、その実資だが……。

宮中において帝の家政の一切を取り仕切り、宮中の諸事全般を担当する蔵人所《くろうどどころ》に属している。属しているどころか、蔵人頭《くろうどのとう》という実質的な責任者だった。

その仕事の大きさ、帝との関《かか》わりにおいて、若い公家たちには蔵人は憧《あこが》れの的だった。

蔵人かそれ以外の役人かのもっとも簡単な見分け方は、青色の袍を着ているかどうかにあった。つまり、蔵人たちは禁色を許された存在なのである。特に蔵人の中で、殿上の雑務を担当するもっとも低い六位蔵人の首席である極臈《ごくろう》は、帝から麴塵《きくじん》の御袍を賜《たまわ》る。多大な名誉だった。

実資の場合、左中将と兼務のため、頭中将《とうのちゆうじよう》と称される。

左中将とは従四位下《じゆしいのげ》に相当する左近衛中将《さこんえのちゆうじよう》の略称だった。帝の警固や行幸《みゆき》の警備にあたる左近衛府《さこんえふ》の次官のことで、こちらも実務全般を取り仕切っている。

同様の役目を担う右近衛府があるが、律令の考え方によれば「左」の方が優越するとされていた。

「ちょっと少納言どのから呼ばれていて」

と実資が腕を下ろす。先ほどの男のおかげで慌てて着替えたが、着慣れているので問題ないだろう。

「実資は頭中将。おぬしが着席しなければほかの蔵人たちは着席できないというのだから、あまり遅れてはいけないいな」

「うむ」

「ちょうど、私もあとで左近衛府の舎人《とねり》の詰所へ行かねばならない。一緒に出ようか」

舎人は帝や上級の公家の近侍職《きんじ》である。三位《さんみ》以上の公卿《くぎよう》の子弟が出仕して雑用をしながら、宮中での知識や立ち居振る舞いを学ぶ場でもあった。

「そうであったか」

ふと見れば、先ほどの彼女がくすくすと笑っている。上品に袖《そで》で口元を隠しているが、実に楽しげな表情だった。なぜかもう笑われてもいいやという気持ちになってしまう。それが実資の表情に微妙に出たのか、晴明がやや人の悪い笑みで語りかけてきた。

「おぬしは六合《りくごう》のような式がよいか」

「いや、そういうわけでは――」と言いかけて、実資が眉根を寄せる。「りくごう、しき……？」

「六合とはこの式の名だ。われら陰陽師が占《せん》に用いる六壬式《りくじんしき》の式盤《しきばん》の天盤に配される十二天将のひとりでもある」

式盤は六壬神課《りくじんしんか》という式占《しきせん》をなすための道具である。天盤と呼ばれる円形部分と地盤と呼ばれる方形部分を組み合わせたもので、天盤は回転するようになっている。そのため天地盤とも称される。

天盤地盤とも材料は細かく規定されていて、天盤には楓《ふう》にできるこぶの楓人《ふうじん》を、地盤には雷に撃たれた棗《なつめ》の木を用いるように定められていた。それらの木材を定められた作成法で作り上げてこそ式盤は神意を受けるに値するものとなるのだった。

その式盤には十干十二支《じっかんじゅうにし》やさまざまな数字、北斗七星などが刻まれている。天地の森羅万象を抽象化して簡素化したものが式盤だった。

さきに式占をなすためと書いたが、天地の一切である六壬占盤は調伏《ちょうぶく》にも用いられる。

晴明の言ったとおり、六壬占盤の天盤に十二天将の名も配されていた。

すなわち、騰蛇《とうだ》、朱雀《すざく》、六合、勾陳《こうちん》、青龍《せいりゅう》、貴人《きじん》、天后《てんこう》、太陰《たいいん》、玄武《げんぶ》、太裳《たいじょう》、白虎《びゃっこ》、天《てん》空《くう》だった。

十二天将は十二神将とも呼ばれるが、仏教の薬師如来《やくしにょらい》を護持する十二神将とはまったく別の存在である。

「う、うん……？」

実資が戸惑っていると、またしても六合なる美女が玉を転がすように笑った。

「ふふふ。晴明さま、いきなりそのような言葉を並べては」

「やはり難しかったか。日記の実資がどこまで知っているかを確かめておきたかったのだが」と鷹揚《おうよう》としている。

「式神《しきがみ》くらいは聞いたことがある」と実資は食い下がった。「陰陽師たちが使役する使いのようなものだろ？　けれども」

「けれども？」

「俺が聞いたところでは、烏《からす》とか蝶《ちょう》とか、もっとこう、素朴な生き物だと」

「それがかような美女で驚いたか」

と晴明と六合が声を合わせて笑う。実資は頰が熱くなった。彼が何か反論しようとすると、不意に晴明が両手を大きく叩《たた》いた。二度ずつ、三度。合計六回の柏手《かしわで》だった。

刹那《せつな》、六合の身体を金粉のような光が包む。そのまま六合の身体の輪郭が淡雪のように溶けていった。実資が己が目を疑っている間にも、六合の姿は消え去っていった。

あとには人の形をした紙が一枚残っている。

「あなや」

腰を抜かさんばかりの実資を楽しげに見ながら、立ち上がってその紙を拾った。

「どうだ。式だとわかったろう？」

「む、む、む」と実資が唸《うな》っている。「と、ところでその紙は何なのだ」

「これは呪符《じゆふ》だ」

「呪符？」

「符とだけ言っても構わない」と晴明がその紙を実資に見せる。何やら複雑な文様が書かれていた。

「何が書かれているのだ」

「まじないだ」

「どんな？」

「天にある知と個を持った神霊《しんれい》を、六合と呼ばれる存在として仮にあらしめるためのまじない」

「天に……あ？」

晴明はふわりと腰を下ろして続ける。

「式は、式神とか識神とも称する。式とは用いるの意。われら陰陽師は鬼神や式神を呼び出し、符の力で現世《げんせ》に留《とど》め置き、現世にて活動させる。ときに手足として。別のときには目や耳として。これをもって『式を打つ』という」

実資が小首を傾《かし》げながら難しい表情で何度か首を縦に振った。ひとつひとつ理解をしようと努力している。だが、投げかけられた知識が、自らのなかに基礎がないため、言葉だけが宙に浮いていた。

「要するに、おまえは神霊を自らの手足として扱っていて、それを式と呼んでいる。その札はそのために必要だと言うことか」

何とか知識を頭につなぎ止めてまとめてみると、まるで夢のような話だ。

だが、不思議と恐ろしくはない。昼日中のせいだろうか……。

晴明がからりと笑った。

「ははは。なかなか物わかりがいい。だいたいそうだ。ちなみに、密教者や修験者《しゅげんじゃ》は同じような存在として護法《ごほう》という者を使役している」

晴明は手首を翻《ひるがえ》し、先ほどの符を放つ。急急如律令《きゅうきゅうにょりつりょう》、と口の中で唱えると、符が強く金色に光った。あ、と実資が目をかばう。光はすぐ止《や》んだ。止んだあとには再びあの美女、六合が楚々と座っていた。

「これでわたくしが晴明さまの式とご理解いただけましたでしょうか。ふふふ」

「あ、ああ……」

と、またしても突然現れた六合に、実資はなるべく冷静を装っている。

「私は符の力がなくとも――要するに式たちが現世に姿を現していない、神霊のままの状態でも交流できるが、それでは見鬼《けんき》の才《さい》のない者には不便だろうし、このように客人を迎えられないからな」

晴明の説明のなかに、聞いたことのある言葉が混じっていた。

「見鬼の才――たしかこの世ならざるものを視《み》る力のことだよな。あやしのものとか、もののけとか、鬼とか」

「それは知っていたか。いまおぬしが言ったとおりだ。そして鬼が視えるなら神も視える。ともにこの世ならざるものだからな」

「なるほど」

「むしろ、神仏の圧倒的な光が視えずに闇《やみ》ばかり視ているうちは本物ではない」

「ふむ……？」

「僧侶《そうりょ》で考えてみよ。地獄の話ばかりして、祟《たた》るぞ、地獄に落ちるぞとばかり言って、釈《しゃ》迦《か》大如来《だいにょらい》の教えの偉大さを一切語らない僧がいたら、どうだ」

「胡散臭《うさんくさ》いな」

「そういうことだ」

六合が白湯《さゆ》を出す。「何もないが」と実資に勧めて晴明が先に口をつけた。小さく笑っている。毒などない、と言いたげな笑い方だった。

実資が白湯を手に取り、口をつけようとしたとき、あることを思い出した。

「そういえば六合どのは飛鳥《あすか》の頃の衣裳を身につけておられるのだな」

呼び捨てで構いません、とことわって、六合が「お詳しいのですね」と微笑《ほほえ》む。

「ま、まあ、日記之家とはそのような有職《ゆうそく》に明るくなるものですから」

「神霊らしく、昔の古風な装束にさせた。神代《かみよ》の時代でもよかったのだが、あまりに古すぎては浮いてしまうだろ？」

と晴明が小さく肩をすくめた。

「まあ、そうだな。となると、俺の家に使いできた男も神霊というか、おぬしの式だったのか」

すると六合がすっと笑みを消した。

「騰蛇……。あのような者が、いまだ主の式でいるは何とも腹立たしいこと」

六合が怒りを露《あら》わにしている。

「え？」

と実資の身が固まった。ようやくになれてきたと思ったが、それほど甘くはないようだ。ずば抜けた美女である分、怒っている顔は震えるほどに恐ろしげだった。

そのとき、どこかやや低めだが澄んだ男の声がした。

「俺は主に乞《こ》われてここにいるんだ。別におまえの許可が必要だとは思えないがね」

見れば、先ほど晴明の使いとして実資を呼びに来た男である。母屋の長押《なげし》に手をかけて簀子《すのこ》から顔を覗《のぞ》かせていた。

六合が目をつり上げる。

「騰蛇っ。またそのような無礼な挨拶《あいさつ》を。主の顔に泥を塗るつもりか」

「このくらいで泥がつくほど主は小さなお方ではないわ。おまえの小さな器を基準にするな」

騰蛇がにやりと笑って室内に入ってきた。

「入ってよいなどとは言っておらぬぞ」

「堅いこと言うなよ。そもそも実資どのを迎えに行ったのは俺だぞ」

「ただ、言付けを言いに行っただけ。童でも事足りる仕事」

「おまえこそ、主の横で笑っているだけではないか」

飛鳥の時代の装束を着た美男美女が口論を交わす状況をどうしていいかわからず、実資はただ見守るばかりである。六合と騰蛇は互いに睨《にら》み合い、六合はむっつりと騰蛇は嘲《あざけ》るように、顔を背け合った。

「ふふ。そのくらいにしておけ」と晴明がなだめるが、ふたりの顔から不満の色は消えない。どちらも自分から引く考えはなさそうだった。

「晴明。このふたりは仲が悪いのか」

「六合は五行《ごぎょう》で言えば木に当たる吉将。騰蛇は火の凶将。どちらも陰陽で言えば陰なのだが、合わないところが多いのだよ」

　五行とは、四季の変化から抽象化された木・火・土・金・水の五つの概念から世界の構造、人の営みが構成されているとする五行説のことで、先行していた陰陽説――森羅万象を陰と陽の二元で考える――と併せて陰陽五行説と称される。

　要するに陰陽師の世界観の中核思想のひとつだった。

「ははあ……。式というのもなかなか人のようなところがあるのだな」

「肉体の束縛がないぶん、想《おも》いが直截《ちょくせつ》に現れてくる。平たく言えば、思ったことが取り繕われずに表現されるのさ」

「嘘《うそ》がつけない、ということか」

「嘘がそのものの本質の場合は、嘘もつく」

「む、む、む」とまたしても実資は唸《うな》った。そして諦《あきら》めた。晴明が何年何十年と修行してきた陰陽道の奥義をこの程度のやりとりでわかったふうになってはいけないのだ。「このふたりの面倒をおぬしはずっと見ているのか」

　すると晴明のみならず、ふたりの式も舌戦を中断して実資を見つめた。

「式が俺たちふたりだけだって、いつ言った？」

「先ほどの主さまの話を覚えていらっしゃいますか」

　外でのどかに雀《すずめ》が鳴いている。

「違うのか」と晴明に助けを求めた。

「さっき十二天将といっただろう？　私は十二の式を主として使役している」

「じゅうに……」実資はめまいを覚える。「十二人も式がいるのか」

「人と数えていいかはわからぬが、そうだ。滅多にこの邸に現れぬ者もいるが」

このように自己主張の激しい者たちが十二人……。

「何というか、陰陽師というのは並の役所勤めより大変そうだな」

「ふふ。そうかもしれぬな。たいていの公家は日がもっとも高くなった頃に仕事が終わる。だが、陰陽師はそうはいかない。特に私は天文を修めているから夜遅くまで、場合によっては徹夜で星の観察をしなければならない」

実資の言った意味とは若干違う解釈で答えが返ってきた。実資はこれはこれで納得をし、咳払《せきばら》いをする。

「ずいぶん遠回りしてしまったが、俺がここに来た理由なのだが……騰蛇どのから、晴明の邸に行かねばよからぬことが起こると言われたのだが」

すでにこの世のものとは思えない数々を目にして、それだけでも頭の中がいっぱいになっている実資である。

そんな実資の言葉に、またしても六合が美麗な顔に朱を走らせた。

「騰蛇。かように人を怖がらせる言辞で――」

だが、螣蛇は涼しげな顔で両手を頭の後ろに組む。

「嘘はついておらぬ。それが俺なりの誠実さよ」

言うや、螣蛇の姿が忽然《こつぜん》と消えた。螣蛇、と彼女が厳しく名を呼ぶが返事はない。

「消えてしまった。……自分の意志でも消えることができるのか」

「当然だ」と晴明がぬるくなった白湯を飲んでいた。

「実資さま。申し訳ございません。あの愚か者が脅しのような言葉を用いたようで」

と六合が深々と頭を下げる。目の覚めるような美女にこのようにされて、実資は焦った。

「いやいや。そのようなことは。――ということは、別に何事も起こらぬのか」

楽観した実資から六合が目をそらす。実資の表情がこわばったところへ、晴明が髭のない顎を撫《な》でながら涼やかに告げた。

「よからぬことが起きぬとは言えぬな」

「このまえ、邸が焼けた」

「あれは天の火の仕業だ」

と晴明が白皙《はくせき》の美貌で微笑む。

なぜか肩の力が抜けた。

「そうだったな。おぬしはそのとき言った。この火を止めたらかえってよくないことが起きるやもしれぬ、と」

だから、邸を焼けるに任せたのだ。

正直、残念な気持ちはある。だが、怪我人《けがにん》も出なかったし、延焼もしなかった。旧邸にあった家財は当然ながら無事だ。藤原家小野宮流の長者《ちょうじゃ》となるため、何事にも執着せず、清廉《せいれん》で正しくあれと教わってきた実資としては、いまこそその教えを体現するときだという思いもあった。

おかげで妙にさばさばと気持ちがほどけている。

「天の理《ことわり》はそうであった。だが、鬼の企みはそうではない」

さらりと晴明は言ったのだが、実資はぞわりと鳥肌が立った。

「鬼というのは、あの夜の百鬼夜行のようなものか」

「鬼という言葉には様々な意味がある。死んだ者の魂を表すものであり、生きている者を表すこともある」

「そんなことがあり得るのか」

「藤原家と言った場合、生きているおぬしたちを指す場合もあれば、藤原鎌足《かまたり》から始まる死した祖先たちを指すこともあろう」

「ああ、そうか」と実資が首肯する。初めて聞く言葉でも、晴明はできるかぎりわかりやすく説明しようと心を砕いてくれているのがわかった。

「生きている鬼どものなかでも、源頼光《みなもとのよりみつ》どのが相手にしているような、群を抜いた悪事を働く者ども——朝廷に従わぬ土蜘蛛《つちぐも》の一族のような連中を指すこともある。また釈迦大如来に帰依《きえ》し、地獄の獄卒《ごくそつ》として死んだ悪人どもを釜《かま》ゆでにする連中も鬼だ」

鬼の中では少数だがな、と晴明が付け加える。

「む、む、む」

「私たち陰陽師が主として相手をするのは、いわゆるあやしのものども、百鬼夜行の鬼たち。だいたい、普通に想像される鬼だと思ってくれ」

「だが、このまえの百鬼夜行は蘆屋道満なる陰陽師が率いていたのだったよな」

「とはいえ、あまり鬼、鬼と口にするでないぞ。寄ってくる」

実資は震え上がった。

「そういうことは先に言ってくれ」

「ははは。——道満どのは凄腕《すごうで》の陰陽師だ。われわれ陰陽寮《おんようりよう》に所属する陰陽師は官人陰陽師と言うが、道満どののような在野の陰陽師は法師陰陽師と呼ばれる」

「そう言っていたな。晴明とどちらが上か」

無論、自分のほうが上だ、という答えを期待していたのだが、「さて。まともにやり合ったことはないからわからぬ」と晴明は意外にも謙遜《けんそん》の言葉を発した。

「天下に名高い安倍晴明よりすぐれているというのか」

「私は術比べのために修行しているわけではないからな」

ちらりと六合を見ると、彼女は静かに座っているだけだ。先ほどの賑やかな騰蛇という男も口を挟んでこない。式たちも、晴明の言葉に異を唱えないのがなぜか興味深く感じられた。

晴明がすらりと立ち上がった。

「さて、行こうか」

「行くとは、どこへ」

「よからぬことを祓《はら》いに」

六合が恭しく見送る。晴明が足早に母屋から出て行った。実資が慌ててあとを追う。実資の足音に驚いた椋鳥《むくどり》が、音を立てて飛んでいった。

大内裏《だいだいり》まで晴明と実資は牛車に乗っていた。

この辺りは名だたる公家たちが甍を連ねている。実資が住む小野宮も近い。そのため、大路を行き交うのも、牛車あり、家人の雑色《ぞうしき》あり、お使いの童《わらわ》ありだが、どこか整然としていた。

「この辺りは右京の南の方と比べると、ずいぶんと静かだよな」

黙って座っているのに耐えかねた実資がそう言うと、晴明がかすかに上のほうを見ながら答える。

「金も地位もある公家の邸が多い。市のほうと比べれば子らが跳ね回るような感じではな

いかもしれぬな」

「そんななかに晴明の邸もあるのだな」

陰陽師というのは儲《もう》かるのだろうか……。

「陰陽師というのは儲かるものではないぞ」

実資がつんのめりそうになった。「ど、どうしてそれを。心のなかが読めるのか――」

「何。陰陽師とはそういうものだからだ」

「うーむ……」

「私の邸について言えば、方角の問題だな」

「方角？」

「あの場所が都の北東に当たる場所だから私は邸を建てたのだ」

「北東――つまり丑寅《うしとら》の鬼門？」

当たりだ、と言うように晴明がにやりとした。「意外に知っておるではないか」

「まあ、そのくらいは……」

「この都は、四神相応の地としての結界も張られている」

「しじん……何だって？」

「北の玄武、東の青龍、南の朱雀、西の白虎。これらは私の十二天将のうちの四天将ではあるが、都を護《まも》らせている。それ以外にも幾重にも幾重にも結界を張っている。なぜだかわかるか」

「帝をお護りするため、か」

「もちろんそうだ。問題は『何から』帝をお護りしているか、だ」

と晴明がそばを走っていった童と手を振り合っていた。物見から目が合ったそうだ。知り合いらしい。童はどこかの公家のお使いのようで、笑顔で手を振り、そのまま走り去っていった。

「何から……疫病とか災いの類《たぐい》だろ」

「その通りだ。あとは――怨霊《おんりよう》などの魔のもの、あやしのもの。私の邸もその一助となればと思って都の鬼門に建てている」

明るい都の通りでの会話のはずなのに、実資は背筋がぞっとした。こんなにも太陽はまぶしいのに、闇の気配を感じてしまう。

「晴明の邸が、帝の結界のひとつ……」

これまで日記を通して古今の政《まつりごと》に関わってきた実資だが、それとは別の、もうひとつの都の姿が突如として姿を現したような感慨だった。実資が見たことのない別の都があって、晴明はそこにいるのだ、と。

「私の邸があそこにあるのは、帝やその周りに何かしらがあったときにすぐに飛び出せるように、という実用の意味もあるのだがな」

これは陰陽師たちが所属する陰陽寮の場所からして、そう言えた。何しろ、帝の身の回りを補佐する宮内省よりも、陰陽寮の方が内裏に近いのだ。そのうえ、陰陽寮は中務省《なかつかさしょう》の一部門にもかかわらず、中務省そのものと同格程度のかなりの敷地をもらっている。

もともと中務省は律令の定める太政官《だいじょうかん》八省のひとつで、帝に近侍して詔勅宣下《しょうちょくせんげ》や叙位《じょい》など宮中の政務全般を取り仕切る省だった。のみならず、諸国の戸籍から僧尼の籍までまとめるため、八省の中でもっとも重要な省とされていた。

その八省最重要の中務省の一部門である陰陽寮が、中務省と同じ広さの敷地を与えられているのは決して偶然でもわがままでもない。

帝とその周囲を守り抜くための布陣として必要だったからだ。

晴明の話を聞いていると、自らが現世にいるのか常世《とこよ》にいるのかわからなくなってくる……。

向こうの通りの牛車の音が聞こえる。その音が、ここは現世の都であると告げていた。

「おぬしのことを日記に書き綴《つづ》っていきたいものだ」

と、ぽろりと言葉が落ちる。晴明と六合が目を丸くした。実資自身、思ってもみなかった言葉に多少驚く。けれども、晴明はすぐに川の流れのように微笑んだ。

「やめておいたほうがいいぞ」

「なぜだ」人間、ダメだと言われるとこだわりたくなるものである。

「陰陽の秘儀を詳細に書き留めようとすればするほど、後世に誤解を招く」

「そんなことはない。文章の明断《めいせき》さがあればこそ、律令に書かれていないところを日記で補ってきたのだ」

実資が食い下がると、晴明は声を上げて笑った。

「ははは。苦労ばかり多いからやめておけ。陰陽師の判断は、言ってみれば天地人の組み合わせ。今日、ある出来事を吉であると占っても、別の人に同じ出来事が出たときには凶であると占うかもしれない。同じ人で、同じ出来事でも、天文の告げるところが違えば占いの内容も変わってくる」

個々の出来事の意味を固定させるなと言っているらしい。

「ふむ……。でも、おぬしらの書物は、その、俺たち陰陽師ではない人間には難しいのだろ？」

「難しくていいのだよ。簡単すぎては有り難みがない」

「わざと難解にしているところのまえは言っていたではないか」

「その通り。ときに矛盾し、正反対の内容でも告げるのが陰陽師というものさ」

そのときだった。

不意に牛車が停《と》まる。

思わず倒れそうになった実資の耳に、薄暗いしゃがれた老人の声がした。

「左様、左様。光は闇となり、闇は光となる。この陰陽の和合と相克が陰陽道の極意よ」

ぎょっとなって前簾を上げれば、すぐ目の前に襤褸《ぼろ》姿の老爺《ろうや》が立っている。

蘆屋道満だった。

牛車の横についている騰蛇はじっとにらんでいる。

「おい。そこの美丈夫よ。主の指示もなく、襲いかかるでないぞ」

「蘆屋道満。こんな真っ昼間に何をしている」

と実資が険しい声で尋ねた。

「ほっほ。わしは人間じゃぞ。昼間に大路を歩くのに何の不思議がある？」

至極真面目《まじめ》に答えられ、実資が歯がみする。それを押しとどめるように、晴明が涼やかに声をかけた。

「道満どのはおひとりですか」

「ひとり徒歩《かち》のほうが大内裏には入りやすいからの」と、にんまり笑う。

「大内裏だと？　おぬしが大内裏に何の用があるというのだ」

と実資が眉間《みけん》にしわを寄せると、道満はわざとらしく眉を八の字にした。

「わしが自分から行ったのではないぞ？　わしの力を借りたいという公家どもがわんさと

いるでな。そやつらが呼ぶゆえ、老体にむち打ってこうして歩いているのじゃ」

「何だと？」

晴明が実資の肩に手を置く。

「落ち着け、実資。道満どのも、年若い人生の後輩をからかってお人が悪い」

「くくく。わしは鏡よ。わしを見て人が悪いと思うのなら、それはおぬしらがそうじゃからさ。——そうそう、藤原実資どの。過日は引っ越したばかりの邸を火事でなくされたとか。心からお見舞い申し上げまする」

今度は実資は自制した。そのため、晴明が代わりに問いかけた。

「大内裏ではどのようなお仕事をされたのですか？」

総髪の老陰陽師は、身を震わせて枯れ木のように笑っている。

「言っておくが悪さなどしておらぬぞ。それどころかよいことをしておる」

さっきは我慢した実資が、「先日、都をひっくり返すと言っていたではないか」と吐き捨てるように糾弾《きゅうだん》した。

すると道満は両手をひらひらとさせながら、小首をかしげるような格好をする。

「おぬし、都をひっくり返すというが、どうやったらひっくり返ったと言えるのじゃ？」

「何？」

「簡単ではないぞ？　都をひっくり返すのは。おぬしら公家たちは蝗《いなご》のように大量におるし、帝だってすぐに代わりが出る」

不謹慎な、と思ったが晴明に免じて実資は黙っていた。「たしかに大変ですね」と鷹揚に晴明が答えている。

「そこでわしは考えたのじゃ。どうすれば都はひっくり返るのか。それでこう考えた。ひとりをどうにかしてもひっくり返らない、と。——面倒ではあったが」

「面倒ならやめればいいではないか」と実資が小さくつぶやいた。

道満は聞き逃さず、にたりと笑っている。

「その若造の言う通りよ。だからわしは見ての通り、何も手を下しておらぬ」

「何?」と実資が眉間にしわを寄せた。

「三位以上の貴族が何人か急に方違《かたたが》えだ物忌《ものい》みだと称して邸に帰り、寝込んでしまったとか。そのうち何人かはひょっとしたらもう起き上がれないかもしれぬが、わしが毒を盛ったわけでもないし」

実資の頭から血の気が引いた。

「一体何をしたのだ」

方違えは外出の際にその日の凶の方角をあらかじめ占い、その方角を使わないようにするために前夜に別の方角の邸宅で一泊して目的地へ行くことで、陰陽師が指南していた。物忌みはもともと神事のために病や穢れなどの障りに触れぬよう、邸に籠もることで、これも陰陽師が指導した。

「だから何もしておらぬよ。ただいくつか言葉を与え、耳元で祈ってやっただけ」と道満がふらりと歩き始めた。

「待て」

と実資が枯れ枝のような道満の腕を摑《つか》もうとして、道満がわざとよろける。

「おいおい。日記之家の当主で頭中将ともあろう者が、こんな老人に手を上げるのか。あな恐ろしや。大いに徳を減ずるぞ」

「……くそっ」

実資が歯ぎしりする間に、道満はふらりふらりと大路を歩き出した。

「くく。この都、そんなに守る価値があるかね？」

「何を言い出すのだ」

「下京《しもぎょう》には盗人《ぬすっと》が溢《あふ》れ、市でもけんか沙汰《ざた》は日常茶飯事。庶民だけではない。宮中も利でもって手を組んだり離反したり。女官女房どもは帝の寵《ちょう》を受けようと妍《けん》を競い、帝は政に興味はなく、今日はどの女に手を出そうかとばかり考えている」

「黙れ」

と実資は叱責《しっせき》したが、それは怒りからだけではなかった。

本音を言えば、なかなか痛いところを突いている。

いまの道満の言説は、実資にも頷《うなず》けるところが多々あった。

都は帝を護るようにそそり立っている。政の仕組みは律令があり、八省があり、実際に実資たちのような公家や役人がいる。霊的な護りは先ほど晴明が語ったとおりだ。

だが、そもそも帝が畏《おそ》れ多くも徳において劣るお方であったら……？

国はひとりによって興《おこ》り、ひとりによって滅ぶという。

かつてわが国が万里の波濤《はとう》を乗り越えて船を送り、多大な犠牲者と引き換えに文物や新しい仏教を受容しようとした唐《とう》の国も、楊貴妃《ようきひ》の色に迷った玄宗《げんそう》皇帝の徳のなさゆえに大乱が起こったではないか。

わが国でも美姫の色香による政治の混乱は過去にいくつかあった。同じ藤原姓の者で言えば、藤原薬子《くすこ》の乱はあまりにも生々しく公家たちの心に刻まれている。

ひとりの傾国の美女でこうなのだ。ましてや、帝自身が乱行好きであったときに、天はどのような答えを下すのだろうか――これは多くの心ある公家たちが心の中で密《ひそ》かに悩み続けている問題だった。

今上帝は果たして天が嘉《よみ》したもうお方なのか。

けれども、道満が以前言ったように都を転覆させていいのか……。

「かかか。図星じゃろ？　壊して新しく作り直せばいい。そのほうが次の時代を生きる子らにもよいと思わぬか」

実資が引っかかっていたのはまさにそこだった。

この都で汚泥の中を生きる大人どもは別によい。死後に閻魔《えんま》大王が裁いてくれよう。ただ何も知らぬ子らが、かような時代に生まれ合わせたと言うだけで泥沼の中に沈んでいくのはやるせなく、申し訳ない。

次の時代の若者たちのために都を抜本的に変えるのも手なのかもしれない……。

そんなことを考えながら実資が沈黙していると、晴明が口を開いた。

「この都ができて一九〇年あまり。千年続く都として創《つく》られたのですから、まだまだ都は続きますすよ」

その言葉にはっとなる。

千年の都として、その祈りを込めてこの都が創られたのなら――その願いを簡単に反故《ほご》にするのは父祖たちへの不敬であろう。

「くく。建物だけ守って、中の人間が腐っているのにどうする？　帝は天照大神《あまてらすおおみかみ》の子孫ゆえに尊いというが、今上帝のような乱行好きを見たら、天照大神も泣くぞよ。あんなのが帝の位にふさわしいと本気で思っているのか。弑《しい》し奉るのも忠義ではないか」

「口が過ぎるぞ、道満」

さすがに実資は体が震えた。周囲に聞かせていい話ではないという想いもあったが、もはやそれよりも藤原家の人間として魂に染みついた帝への忠誠心が、道満の不敬に対する怒りを燃え立たせた。

たしかに今上帝に問題はあるだろう。

しかし、弑殺《しさつ》せよというのは明らかに間違っている。

「そんなに怒っては体に毒じゃぞ。御仏《みほとけ》も言っておろう。貪《むさぼ》りと怒りと愚かさは心の三毒だと。こんなな、俗人と変わらぬ帝の御代《みよ》、早晩、天が見放すわ」

「道満っ」と実資は老陰陽師をにらむ。「おかげで目が覚めたわ。一瞬でも貴様の言い分に理があると思ってしまったのは一生の不覚。蘆屋道満。貴様を謀反人《むほんにん》として捕縛する」

「やれやれ。勇気のない男よ。玉はついているのか？」

黙れ、と実資が今度こそ道満の腕をつかもうとした。だが、実資がつかめたのはただの
襤褸だけ。気づけば、道満は一間《けん》先をするすると歩き去って行く……。

「わしがなすことは天の一助ぞ」

そう言い残して道満は大路の向こうに消えていった。

「何なのだ、あやつは」と実資が吐き捨てるように言うと、晴明が怜悧《れいり》な面立ちのままながらやや表情を曇らせた。

実資たちを乗せて、牛車が再び動き出す。

「道満どのの言っていたこと、すべてを否定しきれないのが面倒だな」

と晴明が言うと、実資は渋面になった。「たしかに帝の乱行好きは噂《うわさ》になるほど。亡く

なった女御《にょうご》さまがご存命の頃はまだましだったのだが……」

亡くなった女御というのは藤原忯子《しし》のことである。ひとつ年下の若い忯子に帝は心を奪われ、四方に手を回して彼女を手に入れた。すぐに子をはらんだが、そのまま忯子は亡くなってしまったのである。

以来、帝の心は亡くなった女御忯子を求めてさまよい、ほかの后《きさき》には満足せず、代わりになりそうな女を捜しているのである。

「即位の折には、あろうことか式の直前に、帝だけが足を踏み入れられる高御座《たかみくら》に女官を連れ込んで情事に及んだとか。さてさて、色に迷うたお方よ」

と晴明が小声で言う。

「道満の言いたいこともわからないではない。しかし、都をひっくり返すというのは行き過ぎだ。現にいま都で幸せに暮らしている人だっている」

そういう人びとを守るために、自分たち公家という者がいるのだと実資は考えていた。

「道満どのの言っていたことというのはそれだけではない」

「うむ？」

「自分は何もしていない、と言っていたことよ」

「それは嘘だろう？」

「嘘と言えば嘘、真実と言えば真実。仮に道満どのが呪《しゅ》でもって公家たちを病に追い込んだとしたら、道満どのがやったことを示すのは限りなく難しい」

目に見えぬ呪についいては、残念ながら律令は何も定めていない。

実資は頭をかいた。

「道満が何を仕掛けたのか、何を企んでいるのかさっぱりわからないままということか」

「一応、都をひっくり返すために努力はされるようだがな」

「余計な努力は無為より有害だ」

まったくだ、と晴明が頷くと牛車が揺れた。

「早く内裏に行って道満どのが誰に何を仕掛けたのか、捜さねばならぬ」

大内裏に入った晴明は陰陽寮へは寄らずにそのまま内裏へ向かう。今日の仕事を終えた公家たちが、ある者は大内裏から下がり、別の者は内裏で蹴鞠《けまり》や双六《すごろく》などを楽しもうと、移動していた。その人波のなかを晴明が左近衛府の舎人の詰所へ歩いていく。人の流れに逆らっているふうでもないのに、歩みの早さは変わっていない。

まるで風か水のような男だ、と実資は思った。

「晴明、晴明」

「どうした」

「その、左近衛府の舎人の誰に会いに行くのだ?」

「わからぬ」

実資はぎょっとなった。「わからぬ？」

「ああ。天文で左近衛府の舎人の詰所へ行くべしと出ているから、確かめに行くのさ」

はあ、としか言いようがない。その間にも彼が歩を進めているので、実資は慌てて追いかけた。

そのときだった。横合いから賑やかな声がして牛車から若い公家が降りてくるところだった。蔵人少将という。実資と同じく、左近衛府に属する少将であり、同時に蔵人を兼務していたからそう呼ばれていた。左近衛府と蔵人の両方で実資の部下に当たる若者だった。

蔵人少将は朗らかな顔をしている。眉はりりしいが目がやや小さいため、どこか愛嬌《あいきょう》があった。鼻筋は丸く、頬はふっくらしていた。そんな人当たりの良さそうな人物だったが、実際に身近で接している実資には、若々しい自信と野心が同居しているのがありありと見て取れた。あっさりそのように見えるのは若さであり、同時に人格の重しがない証《あかし》でもある。それでいてまだ線の細いところもあり、これからの成長に期待していた。

晴明がふと足を止めた。思わずぶつかりそうになる。

「どうしたんだ。急に止まって」

「静かに」

少し向こうを蔵人少将が過ぎゆく。向こうもこちらに気づいたようだ。ぱっと明るい笑顔を一瞬向けてきた。実資が手を上げて晴明が軽く会釈すると、蔵人少将はこちらに近づいてきた。

「これはこれは。実資どの」さわやかな笑みだった。「宿直が重なって遅くなってしまいましたが、邸が火事に遭ったと伺いました。お見舞い申し上げます」

少将自身が苦しげに顔をゆがめている。心からこちらを気にしてくれるような気持ちを感じさせた。

「かたじけない」

「正式なお見舞いは後日、落ち着いた頃にまた改めてお伺いします」

「ありがとう。やれやれ。久しぶりの参内になってしまった」

「それは仕方のないことでしょう。……ところで、そちらの方は」と少将が晴明を見た。

晴明がもう一度会釈する。

「陰陽寮の安倍晴明と申します」

少将が破顔した。

「ああ。あなたが晴明どのですか。お噂はかねがね」

と、少将が晴明にさらに話しかけようとしたところで、二十歳ほども年上のように見える中年公家が声をかけた。

「蔵人少将どの。いまから参内か」

蔵人少将が足を止める。

「これは藤原頼秀《よりひで》どの。少納言さまに呼ばれまして。どうもこの頃、公卿のみなさまの方違えや物忌みが多くなっているようで」

　少将はそう答えたが、お付きの者たちは露骨に顔をしかめていた。

　声をかけた頼秀は色の浅黒い中年の男だった。髭が濃い。右の眉がやや上がっているのは癖なのか、目が悪いのか。厳しげな口元は何かしら人の心を逆なでする言葉を発しそうな雰囲気がぷんぷんした。背が高いのだがやや猫背で、変に威圧感がある。実資はお辞儀をしながら、あまり好きな相手ではないことを悟られないように表情を調えた。

「大変だな」と頼秀が鼻を鳴らす。「近頃は内裏周りも烏や椋鳥が多くてな。糞《ふん》などで汚れないよう気をつけなされ」

「ご忠告、痛み入ります」

「何でもそういうのも凶兆だとか。流れの陰陽師もどきが言っておったぞ」

　そんなやりとりを聞いていると、晴明が目だけふたりに向けたまま実資にだけ聞こえる声で問うた。

「あのふたりは仲がよいのか」

「どうだろう。頼秀どのとはあまり話したことはないが、たしか、源頼定《よりさだ》さまの乳母《めのと》を妻としていたはずだ」

　源頼定は村上《むらかみ》帝の孫であり、村上帝第四皇子《おうじ》である為平《ためひら》親王の子だ。いかなる因縁《いんねん》にてか政からは遠ざけられ、臣籍に下っている。頼秀は、その源頼定の乳母が妻である、ということ以上にはあまり説明すべきものがないと、実資は言外に言っていた。

「ふむ。それにしては周りの家人たちはあまり好ましく思っていないようだな」

と晴明が皮肉っぽく口元を隠す。かなり年上の公家を相手に、身分の低い家人たちが隠すことなく不快の表情を見せるのは珍しい。

「公家同士、いろいろあるのだろうが……あ、そういえば、頼秀どのは近頃、娘を典侍《ないしのすけ》として出仕させたのだったな」

典侍とは後宮女官《こうきゆうにょかん》の官名である。

後宮は后を中心とした空間であり、帝以外の男の介入は憚《はばか》られた。そのため、律令の定めるところにより、後宮を運営するための女官組織が作られたのである。紆余曲折《うよきょくせつ》を経てその中心になったのが、帝に近侍して奏請と内侍宣《ないしせん》、宮中の礼式などを司った内侍司《ないしのつかさ》という役所だった。

典侍はその内侍司の次官であり、准位《じゅんい》では従四位に相当する。定員は四名。常に帝に近侍するとともに、帝が別殿へ行幸する際には剣璽《けんじ》を捧げ持った。その政治的宗教的意義の深さから帝の乳母がつく場合も多かったのだが、今回は母親が帝の血筋たる頼定の乳母だったから出仕がかなったのかもしれない。

なお、内侍司の長官である尚侍《ないしのかみ》は、ほぼ摂関《せっかん》家の娘たちが占めている。

「なるほど。その娘が本当は少将どのと恋仲だった、などということはないか」

「それはない」と断言して、すぐに実資は不安になった。「いや、それは正式な夫婦になっていないというだけで、少将のほうの気持ちはわからん」

「ほう？　どういうことなのだ」

「少将はほら、あんな感じで見目麗しい男で、そのことを自分でもわかっている。そのうえ、女に目がない」

「あまり論理的ではないようだが？」

「頼秀どのの娘がどのような方かは聞いたことがないが、典侍に上がろうというのだ。少将のほうではひと目見てみたいと思っていたかもしれぬ」

「それを頼秀どのの側では拒んでいたかもしれないということか。ふむ。それであれば、あの家人どもの無礼な感じも説明がつくかもしれぬな」

そう言ったものの、晴明は何一つ納得したような顔はしていなかった。

実資がその点を問おうとしたときである。

若い公家の頭の上に黒い影が見えた。烏だ。独特の不吉な鳴き声がした。蔵人少将が胡《う》乱《ろん》な目で上を見る。

「あなや。烏なり」

家人たちも烏を見上げた。ますます渋い顔をしている。

「おや、烏がお嫌いですか。縁起のよいものではありませんが」

「何か不吉な気持ちがしますね」

頼秀がひげをしごきながら笑う。「何かやましいところでもあるのかね。烏なんてただの黒い鳥だろう。それとも何か人から恨まれたり呪《のろ》われたりするようなことでも？」

さすがに少将の目が鋭くなった。そのとき、彼の衣装に白いものが落ちてきた。

「うわっ、何だ」と少将。

「烏の糞ではないか」と家人たちが慌てる。

蔵人少将が若い顔をしかめ、家人が騒いだ。「災難だったな」と苦笑しながら、頼秀が糞を取るようにと懐紙を渡したところへ、晴明は声をかけた。

「その烏の糞は呪の証です」

「何？」と頼秀が首をねじ向けた。「おぬしは……」

「安倍晴明と申します。差し出がましいようですが、少将どのの今日の参内は取りやめたほうがよいでしょう。それよりも、今日一日あなたが命を失わずにすむかのほうが問題ですから」

蔵人少将は真っ青になっている。

「陰陽師の達人が、私の命を今日一日と……。頭中将さま、これは」

と、上役である実資に助言を求めた。

求められたが、実資のほうもどうしていいかわからぬ。参内を取りやめよなどとは、いまいきなり出たところだからだった。

家人たちも動揺している。ただひとり、晴明だけが秀麗な面立ちにかすかな笑みをのせて立っていた。

「どなたかから恨まれる心当たりはありませんか」

「いいえ。特に……」

蒼白《そうはく》な顔の少将が、家人に支えられてやっと立っているそばで、頼秀が眉根を寄せる。

「若いということはそれだけでときに誰かを傷つけたり、反感を買ったりするものだ。自分で気づくのはなかなか難しかろう」

「ずいぶん冷たい言い方ですね」と思わず実資が口を挟んでしまった。

頼秀がこちらを見る。「実資どのこそ、その言い方は何ですかな」

「何って……」

実資は口ごもった。何となく目の前の頼秀が少将に呪いをかけたのではないかと思っている。理由を聞かれても困る。接し方や口調から、ただ何となくそんなふうに感じただけだ。娘のことも頭に引っかかっている。

せっかくの男ぶりを真っ青にさせて、少将が晴明にしがみついてきた。

「晴明どの。私はどのようにしたら助かるのですか」

するると晴明は相手を安心させるように肩に手を置いてやさしげな笑みを見せる。

「呪いは、今夜、少将どのの命を狙うはずです。法力のすぐれた密教僧か陰陽師に、一晩中守ってもらうのがよいでしょう」

「なるほど。それから……?」

「それでおしまいです」

「そ、それでおしまいなのですか……」

「まったく弱々しい。これでは呪いなどなくても勝手に死んでしまうのではないか」

とひどいことを言ったのは頼秀である。

「そうはおっしゃいましても、話を聞くのとわが身に降りかかるのとでは大違いです」

と額を抱えている少将を見ていたら、実資はあはれに思えてならなかった。

「晴明。今晩一晩、少将を守るというのは大変なのか」

「やり方を知っている者なら、何とかなるだろう。むしろこのくらいの呪を返せないようでは一人前とは言えないさ」

「だが、かかっているのは少将の命だ。どうだろう、晴明。おぬしが少将を一晩守ってやってはくれぬか」

ふむ、と晴明が髭のない顎を撫でながら、涼しげに微笑んだ。

「なぜそう思う?」

考えてみれば不思議な問い返しだ。実資は少し面食らった。

「それは――おぬしが邸を出るときに、よからぬものを祓いにと言ったではないか。それはこれではないのか」

「なるほど。実資はそう思ったのだな」

と晴明が神秘的な笑みを浮かべている。

違ったのだろうかと思ったが、いまここに頼れるのは晴明しかいなかった。

「頼む」

「よかろう」

断られるかと思ったがあっさりと引き受けてくれて、実資は安堵《あんど》する。

「ありがとう。……正直、断られるかと思って冷や冷やした」

そういうことを口にするとは正直者よ、と笑った晴明が、

「おぬしが言うとおり、今日、こちらのほうに来るように占が出た理由でもあろうしな」

では少将の邸へ行こうか、となったところで、閉じたままの檜扇《ひおうぎ》をもてあそびながら頼秀が口を挟んだ。

「安倍晴明どのは帝や大臣方が信を置く大陰陽師。それなのにそのような若くて身分も低い少将どのを助けるために、わざわざ自分で足を運ぶなど」

言葉に嘲笑《ちょうしょう》の響きがある。実資は少しむっとなって何か言おうとした。だがそれよりも

先に晴明が一歩前に出る。

「ほかならぬ友人の頼みです。応ずるのが人の道というものでしょう」

「友人とは、実資どののことか」

「はい」

実資の身内にある感動が走った。晴明が自分を友人と呼んでくれたことへの、感謝や自信のような気持ちだった。

なるほど、と頼秀が苦笑する。だが、これで終わりではなかった。

「ところで先ほどから呪を祓う話をしているが、少将の命を奪う呪をかけた陰陽師がいるわけだな」

「左様でございます」

「ならば、おぬしも同じように陰陽道の力で人を殺せるのか」

思わず実資は顔をしかめる。ますますこの男が嫌になってきた。

「そのような非道なことをしてはいけません」

と晴明は涼しい顔で受け流す。

「くく。そのように逃げるとは、さては大陰陽師の名はこけおどしか。こけおどしではないと言うなら、ほれ、そこにいる蛙《かえる》を殺してみせよ」

と、灌木《かんぼく》の下にいる小さな蛙を檜扇で指した。

「晴明の力はそんなもののためにあるのではない」

たまりかねた実資がそう言い立てたが、「少将どのも晴明どのの力をきちんと見ておきたいだろう」と頼秀は引かない。

晴明はそばにあった柳の葉を一枚ちぎった。

無用な殺生は好まないのですが、と前置きをして左手に葉を持ち、右手を刀印に結んで指先を口に近づけた。「急急如律令」

晴明が放った柳の葉がふわりと蛙の頭に乗ったかと思った瞬間――。

湿った音とともに蛙が柳葉に潰《つぶ》れた。

「あなや」とけしかけた頼秀が、真っ青な顔をしている。

「おわかりいただけましたか」

晴明が印を解き、かすかに笑みを浮かべて涼やかに尋ねた。頼秀は何かを口の中でぶつぶつ言いながら、足早に去っていく。

その瞬間だった。

立ち去る頼秀の背中に白いものが見えたような気がした。

布のようにも見えたが、そんなものを背中にかけるわけがない。

一体あれは何なのだろうか。

いま理不尽にも潰された蛙の恨みの念とかだろうか……。

もしそうだとしたら、あんな安っぽい男のために生き物を殺《あや》めた晴明も晴明だと思う。

晴明、と実資が複雑な顔で彼の涼しげな顔を見つめた。

晴明はかすかに微笑んだまま、柳の葉を拾い上げる。

するとそこには先ほどの蛙がいた。

蛙は何食わぬ顔でひと鳴きすると、灌木の奥へ跳ねていく。

「これは、一体――」

「さっきも言っただろ。無用な殺生は好まない。ましてや、これから悪《あ》しき呪と戦わねばならないのに、そのようなことはせぬよ」

そうか、実資がほっとした表情を見せた。「やはりおぬしはいい男なのだな」

「さて、どうかな」

「早速、少将どののところへ行こう」

「そのまえにひとつ約束してくれるか」

何をだ、と実資が問うと「明日、もう一度頼秀どのを捜すのだ」と言って、晴明はにやりと笑った。

どこかで蛙の鳴き声がしている。

翌日、晴明と実資は再び大内裏を訪れた。

実資は朝だというのに生あくびをしている。

「眠いか」と晴明が笑う。

実資はあっさりと認めた。

「ああ、眠い。何しろ徹夜だからな。――頼秀どの、遅いな」

昨夜は夕方からずっと少将の邸に詰めて、晴明が少将を呪から守るのを見守っていたのである。少将の邸へ行った晴明は一間を借りて祭壇をしつらえると、身固めの儀式を始めた。

その名の通り、守るべき相手を抱きしめるようにして呪を唱え続けるのである。

「天為我父、地為我母。在六合中、南斗北斗、三台玉女、左青竜右白虎、前朱雀後玄武、扶翼前後、急急如律令――」

それが夜通し行われた。

実資はそばでずっと見守っていた。先日の百鬼夜行のように、深更には少将にかけられる呪があやしの者の姿を取るのではないかと半ば期待していたのである。

だが、その期待は脆《もろ》くも打ち砕かれた。

ときどき襲ってくる睡魔以外、何事もない。

晴明の呪が風のようにさらさらと流れているだけだった。

それが、夜明けまで――。

結局、目に見えては何事もなかったのだ。

鶏が暁を告げ、東の空から光が差し込んできて、晴明は身固めを解いた。

「これで大丈夫。少将どのにかけられた呪はもう祓えました」

少将のほうも半信半疑だ。

「ありがとうございました。……これでおしまい？」

小さな目をきょろきょろとさせて晴明と実資を見比べる。

「はい」と晴明。

「意外とあっけないのですね」

「詳しくは知らないほうがよろしいでしょう」

と晴明はいわくありげに微笑み、少将の邸を出た。

一度邸へ戻って水を浴び、衣裳を改め、そのまま大内裏へやってきたのである。

「女のところへ通ったと思えば、眠気も我慢できるのではないか」

と晴明が冗談を言った。

「女のところだったとしても、眠いものは眠いわ」

「はは。実資は正直だな」

「蹴鞠でもすれば目が覚める。晴明、一緒にどうだ」

「私は遠慮しておこう」

「はは。体を動かすのは苦手か」

徹夜の眠気と疲労で口が軽くなっていた。

役人や公家たちが大内裏を行き来している。その人の流れから少し離れたところで、ふたりはある人物を待っていた。

藤原頼秀である。

今日会う約束をしていたわけではないから、いつ来るかわからない。もうすぐ来るかもしれないし、昼になってからかもしれない。

だが、晴明との約束だから、彼が言うとおり、蔵人少将の件を片付けてそのままやって来ていた。

手持ち無沙汰《ぶさた》ついでに、実資は話を続ける。

「そういえば、晴明。先ほど少将どのには言葉を濁していたが、あれで呪は本当に終わったのか」

「終わった」と晴明は言い切った。

「何かもののけなり何なり、あやしのものが出てくるのではないかと思っていたが」

「おぬしに見えなかっただけさ」

「いたのか⁉」と実資の声が大きくなる。道行く人たちにおかしな顔をされて慌てて口を塞《ふさ》いだ。「どんなやつだったのだ」

「一抱えもある胴回りの、巨大な蛇のようなものだ。未熟な者が見たら龍と勘違いするかもしれぬ」

「それでどうなった」

「帰っていったよ」

「帰った？」

と実資が問い返すと、晴明は薄く微笑んだ。

「祓われた呪は、それをかけた当人に戻っていく。人を殺す呪をかけたのだ。それが返れば己が死ぬだけよ」

「………………」

実資、すっかり眠気が吹き飛んでいる。

「『人を呪わば穴二つ』という通りだ。自分の呪に自信があったのだろうが、正統な陰陽師の修行を積んだ者にはかなうものではない」

だから人を呪うなどという割に合わないことはするものではないと晴明が言うと、実資が沈鬱《ちんうつ》な顔で頷いた。

「そうか……頼秀どのはもう……。そのことを教えるためにおぬしは今日の朝、大内裏で頼秀どのを捜そうと持ちかけたのだな」

晴明が首をかしげる。

「頼秀どのが『もう』？」

「評判のよくない人物ではあったが、人を呪って死んでしまうとは……」

「何を言っているのだ？」

「だって、頼秀どのなのだろ？　少将どのに呪をかけていたのは」

「これまで一言もそんなことは言ってないが」

「え？　だって、あの蛙の一件のあと、頼秀どのの背中に妙な白いものが……」

晴明が軽く目を見張る。

「ほう。あれが視えたか。先日の百鬼夜行もどきに触れたのが呼び水になったかもしれぬな」

何と、と驚いた実資の背後から、中年の男の声がした。

「実資どの。それに晴明どの。今朝は早いな」

いま話していた藤原頼秀である。

「出たぁ‼」と実資が飛び上がらんばかりに驚いた。今度こそ、周囲の者たちが不審な顔で実資をちらちらと見ている。頼秀は、何事かと顔をしかめていた。顔色が悪いように見えたが、ぴんぴんしている。

「実資は一晩中、歌の内容を考えていたようです。いまよい表現が思いついて大きな声が出たのでしょう」

と晴明がさらさらと言い逃れた。

「そうか。熱心なのだな」

実資が小声で晴明に尋ねる。「どういうことなのだ。呪はどこへ行ったのだ」

「放った本人、おそらくどこぞの法師陰陽師のところへ帰ったはずだ。そやつは死んでいるだろうな」

「法師陰陽師……道満ということは――」

「ないな」

「そ、そうか……」

すると頼秀が咳払いをした。

「声をかけておいて申し訳ない。すまんが、少し急いでいるので失礼するよ」

そのとき、晴明が声をかけた。

「お待ちください」

「何だね」と頼秀が立ち止まる。

「頼秀どのこそこんな朝早くから参内とは珍しい。それに顔色も優れぬ様子」

「…………」

晴明は檜扇を開いて口元を隠し、「娘御の典侍どのに何かありましたか」と話しかけた。この時代の常として、女性の本当の名は夫や両親、ごく親しい身内しか知らないので「典侍」という職名で娘の名の代わりとしている。

晴明に問いかけられた頼秀の表情がこわばった。

「何を証拠に……」

「いま申し上げたとおりです。若い少将どのへの昨日の話しぶりを見ていても、あなたがいま自信にあふれているのはよくわかりました。何しろ娘御が典侍として出仕し始めたところですから。そのあなたが顔色を悪くして急いで参内する事情があるとしたら、その娘御――典侍どのに何かがあったのではないかと」

「……なかなかに鋭いな」

「陰陽師とはこういうものです」

「ただ熱を出しただけだ。このことは他言無用で願うぞ」

と立ち去ろうとした頼秀に晴明が声をかけた。

「このままですと、その熱は下がりますまい」

「何？」彼が険しい顔で向き直る。「貴様、どういう意味だ」

頼秀が晴明に詰め寄り、彼の家人が止めようと慌てていた。胸ぐらを摑まれながら、晴明はいつもの風のような表情に笑みを浮かべている。

「あなたや娘の典侍どのに呪がかけられています。ひょっとしたら昨日の蔵人少将どののときよりも悪質な」

「何だと」と頼秀の頬がひくついた。「なぜ私の娘に呪などと」

「わかりません。ただ、いまのままでは典侍どのが全快するのは難しいでしょう」

頼秀は晴明の言葉を否定しようとしたが、昨日、柳の葉で蛙を潰したのを見ている。幻ではあったが、晴明が人知を越えた力を持っている証明には十分だった。

頼秀が唸っている。実資としてはこの男が唸ろうが喚《わめ》こうが構わないのだが、娘の典侍に呪がかけられているというのは聞き捨てならなかった。

「なあ、晴明。昨日の蔵人少将のように典侍どのの呪も、おぬしなら祓えるのだよな？」

「視てみないことには何ともいえぬ」

「おぬしに祓えぬのなら――都で祓える者はまずおるまい」

実資の言葉に晴明が目を細めて微笑む。まるで仏尊のように神々しくもあり、いたずらを企む童のように無邪気でもあった。

晴明は頼秀に向き直った。

「友人の実資の言うとおり、私なら何とかできるかもしれません」

「まことか」

「われらが一足先に頼秀どのの邸にお伺いし、準備をしたいと思います」

朝だというのに烏が鳴く。見れば頼秀をにらんでいるように見えた。

「……わかった。頼む」

晴明は軽く頭を下げると、身を翻す。実資は口元をほころばせながら、慌ててそのあとを追った。


それから一刻ほどして、牛車が二台、頼秀の邸に停まった。頼秀と娘の典侍である。

しばらくして晴明たちのところへ頼秀がやってきた。

「お待たせした」

「無事に典侍どのはお戻りに……？」

「ああ。なれない後宮での仕事に疲れが出たのかもしれない」

と言いつつ、頼秀は晴明たちの衣裳を見とがめるような目つきになる。

晴明たちの着ている物がところどころ汚れていたからだった。

「残念ながら、典侍どのの病はそれだけではなかったようです」

「何だと」

顔をしかめる頼秀のまえに、晴明はいくつかのものを置いた。

人型の紙。何かの書かれた札のようなもの。小さな壺《つぼ》。どれも泥やほこりがついている。

「これらはすべて、こちらの邸の軒下や庭の土中から見つかったものです」

頼秀たちより先に邸に入った晴明たちが探し出しておいた物だった。

頼秀が同席している家人に目だけで問うと、家人が「この邸から見つかったものに間違いありません」と答えた。どこか恐ろしげにしている。

「これは一体何だ」

「すべて呪のために用います」

人型の紙はまさしく人形《ひとがた》。呪いの対象者に見立てて呪を注ぎ込み、本人への呪とするためにある。頭部が鋭く切られているのが特徴的だった。

何かの書かれた札のようなものは、まさに呪符だった。陰陽寮の者たちはまず使わない呪符——他人への呪いの文様が書かれた呪符だ。強い霊力が込められているようで、素人の実資が見ても軽くめまいを覚えた。

小さな壺については、晴明が開けない方がいいと言ったため、実資たちは中を見てはいない。だが、晴明の話によれば蛇や百足《むかで》などを壺の中に閉じ込めて共食いさせ、最後に生き残った一匹をもって呪殺に及ぶ蠱毒《こどく》だという。厳重な封にはおそらく呪符と同じ人間が書いたであろう複雑な文様と文字が記されていた。実資が実物を見るのは初めてだったが、養老律令中の賊盗律《ぞくとうりつ》にて厳しく戒められた違法物だった。

三つが三つとも外道の呪物と言ってよかった。

「何と」晴明の説明を聞いた頼秀が思わず袖で口元を押さえた。「これらのせいで、典侍は病に倒れたというのか」

「私がこれらの呪を観《み》るに、典侍どのだけではなく、頼秀どのだけでもなく、家全体を呪っているようです」

「家全体……」唸るようにして頼秀は袖をずらし、代わりに脇息《きょうそく》にもたれる。「なぜそのような呪いが……」

「何か人に恨まれたり嫉妬《しっと》されたりするようなことに心当たりは――？」

「あるといえばある。ないといえばない」

と頼秀が曖昧な答えを口にした。実資が何か言いたそうにしたのを、晴明は制する。晴明がしばらく黙って頼秀を見つめていると、彼のほうから勝手にしゃべり出した。

「それは、私だって人並みに出世するためにいろいろしたさ。引き上げてくれそうな人に取り入ったし、敵対する人物の弱みはつかんだし、場合によっては悪を未然に防ぐために上位者の耳に入れておいたこともある。だがそれは誰もがやっている程度のものだ」

「なるほど。誰もがやっていることだから、自分に罪はない、と？」

頼秀が舌打ちした。

「罪がないと言いきったら不敬かもしれないが、私よりもひどい輩《やから》はごまんといる。それが最近の世の中というものだ。まずそやつらの方から呪ってほしいと思うがな」

「いかに時代が変わろうとも、神仏の心と天の法則は変わるものではありません」

晴明がきっぱりと言い切ると頼秀が嫌そうな顔をした。

「とにかく、その呪いとやら、祓ってくれ。いまの私の願いは、娘が宮中でしっかりやってくれること。もし帝の目にとまれば、いつでも差し出したいと思っておるわ」

実資はため息をついた。今上帝は即位の儀に帝のみに許された高御座に女官を連れ込んで情事に及ぶなど、さまざまな乱行の噂があった。噂は噂であると言えばそれまでだが、蔵人頭の実資のところにまで聞こえてくるのである。かなり信じられる話なのだろうと思っていた。

自分が娘の親なら、心配でそんなところへ出仕させたくないと思うのだが……。

そのときである。

「あ」

実資の目に、再び白いものが頼秀の肩の辺りに視えたのだ。

「どうされた」

「いえ……」と実資が言葉を濁したが、晴明が冷静に告げる。

「何かしら現世のものではないものが、頼秀どのの肩に触れているのが視えるのですよ」

「何――?」と頼秀が恐怖に引きつった。

晴明は懐《ふところ》から檜扇を取り出して軽く開き、口元を隠す。

「これらの呪、あまり軽視しないほうがよいと思います」

「なぜだ。坊主めいた説教ならもう――」

「呪をかけてきた人物が、蘆屋道満だからです」

頼秀の動きが止まった。

「蘆屋道満――」その表情の変化は、この男が道満を知っていると如実《にょじつ》に語っている。

「道満をご存じですか」

「……先日、宮中からの帰り、牛車を横切った流れの陰陽師がそう名乗っていた。烏の糞は凶、烏の鳴き声も凶と、凶の話ばかりをしていた」

頼秀が苦い顔になった。追い打ちのように烏の鳴き声がする。

道満は彼にそれだけを言ったのではないらしい。帝の乱行をあげつらい、そんな帝の御代《みよ》に後宮に出仕する娘をあざ笑ったようだった。「わしが人の親なら、心配で心配で仕方がない。内劣りの外めでたの帝を後生大事に奉るのかえ？」と、にやにや笑いながら言っていたとか。

追い払おうとすると、「娘はわしに預けたほうがきっと身のためぞ？」と持ちかけてきたという。

話を聞いていた実資が膝を拳《こぶし》で打った。

「道満め。何だかんだ言って典侍どのを欲していただけか」

実資が怒っていると、頼秀は厳しい表情で頷く。

「私もそう思ってな。娘の出仕を早めたのだが……」

そこまで言って、頼秀は全身の息を吐き出すようにため息をついた。追い払われた道満が自分のほうへ呪をかけていったのだ。とんだ意趣返しである。

「晴明。これらが道満の仕業だという根拠はあるのか?」

と実資が問うと、晴明はあらためて三つの呪いの品を指し示した。

「まず人形だが、このように頭部を鋭くとがらせるのは陰陽寮ではあまりしない。むしろ、都より西、播磨国《はりまのくに》あたりの在野の呪術者がこのように作る」

「播磨国……」

「道満どのの生国とされている」

「何だって?」

実資と頼秀が思わず顔を見合った。

「さらに、呪符と蠱毒の封の文字や文様の書き方が、以前、道満どのが用いた物とほぼ同じ筆跡で書かれている。よって、私は道満どのの仕業と断じた。だが——」

と晴明が言葉を切り、眉根を寄せる。

「ひどい呪なのか」と頼秀が晴明に質問した。

「逆です。普通は、このように人形などを見つければ祓えるものですが、今回はいささか変わった呪なのです」

「…………？」

「私と実資で、もう少し邸の方々から話を聞かせていただきたい」

頼秀は許可した。むしろ平伏しそうなほど丁寧に「こちらこそお願いする」と晴明を頼っている。

母屋から廂《ひさし》へ出ると、実資が晴明に小走りに寄った。

「晴明。どうして俺も一緒なのだ」

「おぬしが道満の力を目の当たりにした人間だからだよ」

わかったようなわからぬような、妙な理屈だ。

「それにしても、道満の名が出た途端に態度がずいぶん変わったな。実際に会ったからか」

それだけではあるまい、と晴明は小さく首を振る。

「道満は公家たちの政争を呪でかき混ぜたりもするからな。人並みにいろいろやってきたなら道満の恐ろしさを噂で聞いているのだろう。あるいは」

「あるいは？」

「自分で道満に依頼を持ちかけた経験があるのかもしれない」

遣水《やりみず》の音が絶え間ない。池の魚が跳ねて、水音が響いた。

晴明たちはまず典侍のところへ行った。

未婚の娘の寝所に入るのは憚《はばか》られたので、頼秀の信頼する女房をふたり連れている。

中を確かめた女房から許可が出た。

晴明と実資は簀子に腰を下ろすと、御簾《みす》の向こうの室内で横になっていたらしい典侍に声をかける。

「典侍どの。初めまして。陰陽寮の陰陽師、安倍晴明と申します」

「私は藤原実資と申します。ご気分はいかがですか」

なかで身じろぐ気配がして、澄んだ娘の声がした。

「自分の生まれ育った邸に戻って、だいぶ心身共に楽になりました。女房たちから父の伝言で話は伺っています。このような姿で申し訳ございません」

「どうぞそのまま。出仕してのお疲れもありましょう。ゆっくりと体を休めることです」

「ありがとうございます。けれども、この病、何かしらの呪いの類の可能性もあると……」

はかなげな声がする。もともとそのような声なのか、それとも病のせいなのか。

事実、そのような娘らしい。あとで女房どもから聞いたところによれば、典侍はきめの細かい色白の肌に美しい顔立ちをしていて、父の頼秀とは似ても似つかぬ麗しさだとか。母親に似たのだろう。目鼻立ちはあくまで清げでありながら、気遣いと機転の利く聡明《そうめい》そうな瞳をしているという。何事にも真面目に打ち込む性格のようで、女官の要である内侍司にはうってつけだと、女房たちは手放しで褒《ほ》めていた。

それが、出仕してわずかな日にちで体調を崩している。

頼秀はさておき典侍自身が苦しいだろう。

実資はどのような言葉をかけるべきか迷い、隣の晴明を促した。

その晴明は大きく息を吸って、庭に目を転じる。

「美しい庭ですな。今日はよい天気なのでなおさら」

「ええ」

「けれども雨が降れば様相は大分変わりましょう。ましてや野分《のわき》が来れば、庭の池に注ぐ遣水は暴れましょう。――呪も同じようなものなのです」

「……？」

「人の心も晴れたり曇ったり雨が降ったりします。雨が降っているときは自分や他人への恨みや怒りが渦巻いているとき。それがさらに強く激しく、野分のようになったものが呪の始まり。そのような激しい心の乱れが生霊《いきりょう》となったり、悪鬼羅刹《あっきらせつ》を使役したりして相手の人生を意図的に害するものが悪《あ》しき呪です」

「ああ……なるほど――」

庭の暖かな日差しはきっと室内も暖めているだろう。

「もっとも簡単な呪は何だと思いますか」

「先ほどのお話ですと人の心から生まれるものが呪ですから……言葉、でしょうか。古来、言霊《ことだま》という言葉もあるくらいですから」

晴明は穏やかに微笑んだ。両方の袖を胸の前で合わせた姿勢を取っている。

「ご名答。陰口。悪口。相手を呪う言葉。貶《けな》す言葉。これらはすべて悪しき呪です」

逆を言えば、人を褒める言葉、祝福する言葉、やさしい言葉はよいほうの呪になる。

「典侍どのは聡明でいらっしゃいますね。なるほど。言葉は呪か……」

すると伏せっている典侍は深く深くため息をついた。

「だとしたら、後宮とはとても恐ろしいところでございます」

「後宮で、何か悪口を言われたりされたのですか」

実資が心配すると、ややあって典侍が答える。

「私は先の典侍さまがお亡くなりになったため、急遽《きゅうきょ》出仕が決まったのです。本来、同じ内侍司の女官から選ばれるべきところ、父が骨を折って私を入れてくれまして」

「お母上が皇孫たる源頼定さまの乳母だったから、そのようなことも可能だったのですね」と晴明が確認するように言った。

かすかに洟《はな》を啜《すす》るような音がする。

「左様でございます。いくら藤原家の一員とはいえ、私の父はそれほど権勢を誇っているわけでもない。とはいえ、その母も半年ほど前に他界しました」

「そのことで、後宮で悪口を言われた……？」

はい、と小さな声が聞こえた。女房たちがそっと袖で目元を拭っている。

「父には感謝しています。私のような身を典侍として送り出してくれた苦労は並々ではなかったと思います。けれども――」

毎日毎日、容姿、衣裳、薫香《くんこう》はもちろん、ほんの些細《ささい》な言葉の音の高低をあげつらわれた。宮中独特のしきたりや言い回しなどがわからなければ、くすくす笑いが彼女を責め立てる。

「それは――おつらかったでしょう」と実資が顔をしかめた。

帝周りを直接支える女官たちは優秀な人材が集まっていた。だが、才は徳ではない。女官たちはいくつかの閥《ばつ》に分かれていたという。

普段は静かに勤めに集中しているが、裏ではそれぞれが足の引っ張り合い。

その本当の狙いは帝の寵を得ること。歴代の帝ならいざ知らず、乱行で知られ、「内劣りの外めでた」などと言われている今上帝なら見込みがあると考えているのだ。

女官たちから典侍にも声がかかった。自分たちの閥に入れ、と。

典侍がそれを断るとますます彼女は標的になった。

あることないことを上役などに告げ口して回っていたというのだ。

ひどい話です、と実資の声が震えている。まるで自分がいじめに遭っているかのように、苦しかった。

「女官たちの中でも長年仕えている方の中には、そのような告げ口をする人間こそ誠実で忠誠心があると思っている方がいて、とにかくいろいろな方の悪い噂話を集めるのを好む方もいらっしゃいました」

「そんなことをしてどうするのですか」

「わかりません。ただ、そのようなまったくの噂話を大納言さまや中納言さまの耳に入れては除目《じもく》などに干渉していたようです」

「裏で権力を握りたがる人間が、女官でもいるのか……」と実資が首を振る。

「仲のよいお友だちはいらっしゃらなかったのですか」

晴明の質問に、典侍はかすかに声を明るくさせた。

「亡くなった母の縁で婉子《えんし》女王殿下とは親しくさせていただいていました」

彼女の母は先に述べたとおり源頼定の乳母。その頼定の姉が婉子である。婉子は弟をかわいがり、彼女のこともかわいがってくれたのだという。

婉子女王は、為平親王と源《みなもとのたかあきら》高明の娘の間に生まれた。

為平親王は村上帝の第四皇子だった。異母兄が冷泉帝《れいぜい》となり、東宮に目されたが、源高明の権力が増すことを恐れた藤原家によって阻止され、弟の守平《もりひら》親王が皇太弟となった。

なお、この守平親王が円融《えんゆう》帝である。

為平親王の舅《しゅうと》である源高明は冷泉帝退位を画策したとの風説で大宰府《だざいふ》に左遷され、為平親王も参内を許されない状態になっていた。

「婉子女王殿下といえば、先頃、帝の后となられた……？」

「はい。いまでは女王の女御さまということで、王女御《おうにょうご》と呼ばれるほうが多いようですが」

為平親王の娘である婉子女王が入内すれば、為平親王の参内も再び許されるのではないかともっぱらの評判だった。

「お父上の為平親王の参内は許されたものの……帝ご自身はあまり王女御さまのところへお渡りにならない、とも」

と、実資が宮中の事情に明るいところを見せた。

帝のお心は亡き女御さままでまだいっぱいなのです、と典侍の声がやや沈む。

「婉子女王殿下とは年々、お会いする機会も減っていましたが、私が典侍になったときには何度か物語りもできたのですが……これからはますますお会いできなくなってしまうかでしょうね」

婉子が典侍と物語りをしてみせたのは、婉子なりに彼女を守ろうとしたのかもしれない、と実資は思った。後ろ盾が弱い典侍のために、王女御と親しいところを見せたのだろう。けれども、后である以上、すでにいる后を慕う女房女官の閥と場合によっては自らも戦わなければいけなくなる。典侍と距離が近いことが互いにとってよいことかどうか、微妙な状態になってしまうだろう。

「それはおさみしいですね」と実資は言外の意を込めて語りかけた。

その気持ちが伝わったのか、典侍が小さく笑った。

「ふふ。仕方がないことです。それにしても、女王殿下は后としてどのようなお方になるかしら」

「つつがなくお役目を果たされましょう」

「そう願っています。あのお方も閥とかがお嫌いな方なので、あなたのような方にときどき話を聞いてもらえたらと思うのですが」

「畏《おそ》れ多いことです」

「私は私で自分は明るいほうだと思っていたので、後宮のあれこれもはねかえせると思っていたのですが」

室内で身を起こす気配がする。典侍が女房のひとりを呼んだ。しばらくしてその女房が簀子へ来ると、「どうかいまから目にされる光景は他言無用に願います」と念を押す。

実資が戸惑っていると、典侍が実資たちを呼んだ。袖を合わせたままの晴明が静かに頷く。実資は声をかけて、静かに几帳《きちょう》をくぐって室内に入った。


「……！」

実資はあやうく大きな声が出そうになるのをすんでのところでのみ込んだ。

そこには上体を起こし、女が使う衵扇《あこめおうぎ》で顔を半ば隠した典侍がいる。

実資が驚いたのは、その髪だった。

向かって右側の髪がごっそり抜け、男の拳くらいの頭皮が丸見えになっていた。

衵扇で隠していない典侍の目に、みるみる涙がたまる。

「これが『病』の正体です。このような状態では出仕などとても……」

と嘆きつつ、気丈にも微笑んでみせようとして、目から涙があふれた。

「典侍どの――」

実資自身も目頭が熱くなる。

これが道満の呪なのだとしたら、決して許さないと思った。

「医者の話では原因もわからず、髪が再び生えるかもわからないとのこと。ならばいっそ仏門に入るという生き方もありますから、私はいいのです。ただ、どうぞ王女御さまに、かかる呪が来ないようにお護りいただければ」

声の震えを押さえながら、典侍が願った。

実資の心がきりきりと痛んだ。

晴明、と実資が大陰陽師を振り返ろうとしたときだった。

またあの白いものが典侍の周りに見えたのだ。

典侍の肩に掛かっている部分は、明らかに人の手の形をしている。ほっそりとしていて、女の手のようだ。

晴明を小さく促すと、向こうもうなずき返してきた。

「おぬしにも視えたか。あれは生霊などではない。典侍どのを気遣い、守ろうとしている」

「守ろうと？　それではよいものなのか」

「よいものどころか――おそらくは亡くなった母君だろう」

その言葉が聞こえているのか、白いものが蛍のように緩やかに明滅している。

晴明はその白いものに頷き返し、典侍に向き直った。

「典侍どの。よくぞ自らのお姿を私たちにお見せくださいました。うら若き乙女の身で、そのような姿を人目に晒《さら》すのは、身を切られるよりつらかったでしょう」

「……はい」

典侍が顔を伏せ、肩をふるわせ始める。

「また、自らの快癒《かいゆ》よりも王女御さまの身を案ずる心、まことにまことに尊いお心と感動しました」

「晴明、おぬしならこの呪を祓えるのだろ？」

袖を合わせた姿勢だった晴明は、両手を頭上にあげるようにして手を露《あら》わにした。その両手はきつく組み合わされ、両人差し指が伸ばされ、印を結んでいる。

「典侍どのがこれほどの勇気をお示しになったのだ。それに応《こた》えずして何の陰陽師ぞ」

「ああ。そうだ。そうだよな、晴明」

「この安倍晴明に祓えぬ呪はない」

晴明は半眼になり、呪を唱えた。

「付くも不肖、付かるゝも不肖、一時の夢ぞかし。生は難の池水つもりて淵《ふち》となる。鬼神に横道なし。人間に疑いなし。教化に付かざるによりて時を切ってゆるすなり。下のふたへも推してする」

さらに目を見開いて印で一音ごとに打擲《ちょうちゃく》するようにする。

「生・霊・返・不・幸・退・散・怨・敵・調・伏」

最後に晴明が右手のみの刀印に変えて、五芒星《ごぼうせい》を切った。

「――急急如律令ッ」


真っ白い光が眼前で炸裂《さくれつ》した。雷光をまともに見てしまったときのように、視界が白く焼きついていた。

徐々に白い残像は落ち着き、視力を取り戻すと、実資は晴明の名を呼んだ。

晴明はすでに印を解いて、端座している。

「呪は祓いました。じきに髪は元通りになりましょう」

「じきにとはどのくらいで？」と実資。

「明日の朝にはうっすらと生え始めているでしょう。二日もすれば頭皮は見えなくなるかと。もっとも長さがそろうまでには、いましばらくの時間が必要でしょうが」

晴明がさらりと言ってのけた。思わず涙が引っ込んでしまった典侍と実資が目を見合わせる。そんなことができるのですか、と典侍が呆《ほう》けたような目になった。

「ですが、これはあくまでも一時のこと。この呪はしつこいので戻ってこなくなるまでが戦いです」

典侍だけではなく、実資にもそうであると晴明が背筋を伸ばした。再びふたりは目を見合わせる。晴明は事情を説明するために頼秀のところへ行くべく立ち上がった。

簀子にいた女房たちが、晴明を拝むようにしている。遣水の音が静かに続いていた。


その後、晴明と実資は頼秀の邸を出て、晴明の邸へ戻った。

六合の出した水で喉《のど》を潤しながら、実資が興奮した面持ちで晴明の活躍を彼女に語って聞かせていた。

「本当にすごかったのだよ。やはりこれは日記にきちんと書き留めておかなければ」

六合はにこやかに聞いていたが、晴明はただ「やめておけ」と苦笑するばかりであった。

「それよりも、おぬしにはこれからやってもらわなければならぬことがある」

「ああ、そんなことを言っていたな」

「日記之家の権威を使ってほしい」

と晴明が言うと実資は首をかしげる。「どういう意味だ？」

「先ほどの頼秀どのの邸の呪だがな。道満だけではなさそうでな」

「何だと」

「典侍どのの髪だが本人から見たら左側の髪が抜けていただろ。体の左側に出る異常は、女の生霊の障りが多い」

「……道満は男だったよな」

そばで聞いていた六合がくすりと笑った。

「典侍どのに来ていたのは内侍司などの後宮の女官たちの生霊。おそらくは嫉妬の念」

「何と……女官たちが呪を――?」

「いいや。正式に陰陽師を雇って呪をかけたわけではない。女官たちの嫉妬が集まり、ひとつとなって典侍に襲いかかったのだろう」

「そんなことが……」

「言っただろう? いちばん簡単な呪は言葉。誰もが深く考えずに発している言葉のひとつひとつが陰か陽のどちらかを現世に招いているのだよ」

突然どこからともなくやってきた、後ろ盾のあやふやな女が典侍になった。聞けば、女王と知り合いだという。ああ、妬《ねた》ましい、と。

実資が額をさすりながら唸るようにする。

「ううむ……。それで俺に何をせよというのだ」

晴明が涼しい顔で髭のない顎を撫でた。

「後宮の女官どもを有職のしきたりで締め上げてやれ」

「何だと?」

「人の陰口を叩いているのは暇なのだろう。後宮の勤めが緩んでいるはず。仕事のやり方、立ち居振る舞い、儀式の細かな作法。これらを整えることで──」

「心をも正せ、ということか」

晴明がにやりと笑った。「さすが小野宮流だ」

「作法はただの形ではない。それらを正すことで自らの心身の無駄を見つけて洗練していく精進の道でもあるからな」

「同時に、典侍どのにも有職を伝授してやれ。彼女は父親と違ってきれいな心の持ち主と見受けた。ただ、いかんせん典侍としての知識が足りないのだろう。そこをおぬしが補ってやれば、彼女が後宮に戻っても生霊は止まるだろう」

「わかった。ところでおぬしはどうするのだ。また何かこう、陰陽師の術を駆使したりするのか」

「私か。私のほうはふたつある」

「ほう」

「まずは頼秀どのにかかっている周りの人々からの恨みの念による生霊を祓う。かなり人数が多いから一度で終わりとはならないかもしれないが」

するとと実資が耳ざとく指摘してくる。

「それは、頼秀どのへの呪も道満の仕業ではない、と聞こえたのだが」

いま振り返れば、道満の呪が頼秀や典侍の身を狙っているとは、晴明は一言も言っていなかったではないか。

晴明がやや人の悪い笑みを浮かべた。

「おぬし、聡《さと》いな」

「どうなのだ」

「頼秀どのへの呪も周囲の公家からの積もり積もった生霊がもっとも厄介と見た。だが、道満の呪がかけられていたのも事実。私が一目でそれとわかるほどの強さで。しかし、その呪は誰をも害そうとしていない」

「それは——どういうことなのだ？」

「わからぬ。仕方がないから道満本人に聞くしかあるまい」

「それこそどうやって」

「道満を呼び出すことが、私のふたつめのやるべきことよ」

いつの間にか夕暮れになっている。遠くで烏が鳴き、寺の鐘が鳴っていた。


晴明によって頼秀の呪は祓われ、実資の働きで典侍は無事に後宮に戻った。典侍の髪は元通りに伸びたどころか、以前よりもつややかになっているほどである。

もう、あの白いものは頼秀や典侍の周りからいなくなっていた。晴明の言うとおり、亡くなった典侍の母、つまり頼秀の妻だったとしたら、ひと安心してあの世へ帰ったというところだろうか……。

ところがその十日後、異変が起こった。

頼秀が流行病《はやりやまい》で死んでしまったのだ。

ちょうど晴明が別の仕事に当たっていたときのあっという間の出来事で、密教僧や陰陽師のいかなる祈禱《きとう》も間に合わなかったのである。

その喪の挨拶に晴明と実資が訪れると、門の脇《わき》に襤褸をまとった老爺がたたずんでいた。

「蘆屋道満……」

と実資が体をこわばらせる。晴明は涼しげに目を細めて道満を迎えた。

「道満どのも弔問ですか」

するとと道満はにたりと笑いながら晴明に近づいた。

「さんざん人を呪で呼び立ておって。やかましいにもほどがある」

「恐れ入ります」

「どうじゃ、晴明。何度も秘術を尽くして何度も何度も生霊を祓ってやって、それが疫病でころり。天文で頼秀の死を事前に知っていたのだろ？　むなしくはないかね？」

「人は必ず死ぬ――この占だけは決して外れません。だからといって、医者が患者を見捨てるものでしょうか」

「くくく。あの頼秀は、あの性格じゃ。おぬしも難儀したように、それはそれは多くの公家から恨まれていた。かような悪人でも救うのか。さほどに名利と俸禄《ほうろく》がほしいのか」

故人を悼《いた》むべきときに何という言い草だろうか。人をいらだたせる物言いに、実資がかっとなりそうになる。晴明がそれを右手でそっと止め、

「日は善人のみを照らし、悪人を照らさぬものでしょうか？　雨は善人だけに降り、悪人には降らぬものでしょうか？」

「なるほど、なるほど。医者はただ病を治すのみと申すか」

道満が頭を左右に振りながら立ち去ろうとする。お待ちください、と晴明が鋭く呼び止めた。

「なぜ道満どのはこの邸に呪をかけられたのですか」

「頼秀を殺してほしいと依頼されただけよ」

「嘘です」と晴明が言い切る。「道満どののかけた呪は三つ。たったひとつでも道満どのの力をもってすれば命を奪うに十分な働きをするでしょう。しかし、三つが三つとも、呪殺を意図してはいなかった」

「おぬしにさっさと見破られたからの」

道満が楽しげに笑ったところに、さらに晴明が切り込んだ。

「それです。道満どのは私にわざと見破られるように呪を仕掛けた。まるで、私のことを、

頼秀どのと典侍どのに引き合わせるように」

　何だって、と実資が驚きの声を発する。

　だが、よく考えれば晴明の言葉にも一理あった。

「道満。おまえは頼秀どのの耳に毒を吹き込んだだろう。さらには、典侍どのを自らによこせと言ったそうではないか」と実資も問い詰める。

「若僧。よく見てみよ。あの愚か者が出仕を焦るものだから、典侍はあのような哀れな姿になったではないか」

　晴明が手を一度軽く打った。

「なるほど。ということは道満どのは典侍どのがあのような苦境に陥ると読んでいらっしゃったのですね？」

　晴明の声に若干の皮肉が混じっていた。

「ほっほ。それでは典侍どのの生霊返しを、わしがおぬしに依頼したようにも見えるな」

「事実、そうだったのではありませんか」

　すると道満は口角を思い切り上げる。

「そうそう。どこぞの野良《のら》の陰陽師が外京で死んでおったそうだよ。それと蔵人少将の兄が家を追い出されたとか。それこそ身に覚えはないかえ？　晴明」

「ふふふ」と晴明が含み笑いだけで答えた。

「都をひっくり返す仕掛けは進んでおる。じゃが、互いにいまはまだ、知らぬが仏よ」

葉が鳴って強い風が吹きつける。実資が埃《ほこり》から目を守ろうと袖で顔を覆った。

風が止んだとき、すでにあの老陰陽師の姿は影も形もなくなっている。

「頼秀どのは天の寿命が来たのだろう。それればかりは人の身ではどうしようもない。天のくれたものは嫌がらずに受け止めるものだ。——道満の考えもいずれわかるさ」

「晴明……」

「火事まで受け止めてしまった男がここにいるくらいだしな」

「——そうだな」と実資が苦笑した。

邸の中から僧たちの読経《どきょう》の声が流れ出す。遣水の音がかすかに混じっていた。

第三章　呪われた実資

しとしとと雨が降っている。

少し、肌寒い。

頼秀《よりひで》の弔問の翌日だった。

実資《さねすけ》は晴明《せいめい》の邸《やしき》へ書き上げた日記を持って訪問していた。

晴明は母屋《もや》の柱に背を預けて、雨を眺めている。表は白、裏は青の卯花《うのはな》の色目を使った狩衣《かりぎぬ》をゆったりと着ていた。

実資のほうは二藍《ふたあい》に萌黄《もえぎ》の杜若《かきつばた》の色目の狩衣。大きく書かれた紋が若々しい。

六合《りくごう》が晴れの日も雨の日も変わらぬ美しいもてなしの所作で、実資に白湯《さゆ》を置いた。

「多少お天気が悪くて冷えますので、白湯にしました」

奈良のまほろばの香り漂う装束《しょうぞく》の美姫《びき》が微笑みかける。

白湯のぬくもりが胃の腑《ふ》に落ちるのもそこそこに、実資は興奮気味に日記を広げた。

「このまえの少将どののことから昨日のことまで、簡単にまとめてみた。読んでみてくれないか」

「読まぬよ」

晴明、にべもなかった。藤原小野宮流《ふじわらおののみや》の日記に記されるのはそこそこの栄誉なのだが、と実資は肩を落とす。

「どうして読まぬのだ」

「すべては書けていないからさ」

「そんなことはない。俺はがんばった。一部わからぬところがあったから、おぬしに読んでもらって足りないところを補えば……」

晴明も白湯を飲み、目を細めた。

「小野宮流の目をもってしてもわからなかったのは、どこだ？」

「そうだな」と実資が腕を組む。「蔵人少将《くろうどの》のときには一回の儀式で終わらせたが、頼秀どののところへはそのあとも何度も通うことになった。これは何が違ったのだ」

晴明は柱にもたれたまま、実資のほうに白く秀麗な顔を向けた。

「かけられた呪《しゅ》の性質が違っていた。少将にかけられたのは文字通り命を奪うための呪。だが、頼秀親子には呪そのものというより生霊《いきりょう》がやってきていたからな」

「生霊のほうがしつこいということなのだよな」

「今回はな。死んだ人間の呪《のろ》いや悪鬼なら問答無用で常世《とこよ》へ送り返してしまえるが、生霊はその名の通り、生きている人間の魂の一部が強い感情で暴走したものだ」

「近江国の生霊話なら物語として聞いたことがある」

ある男が四つ辻《つじ》で女に会い、さる大夫《たいふ》の邸までの道案内を頼まれた。邸につくと、門が閉ざされているのに女は消えてしまい、しばらくすると邸の中から泣き騒ぐ音が聞こえてきたという。翌朝、男がその家の者に尋ねると、さる大夫が近江の妻の生霊に憑《つ》かれて病になっていたが、その生霊がとうとう現れたとわめいて、まもなく死んでしまったということだった。気になった男が、近江のその妻なる女を訪ねると、確かにそういうことがあったと認めたという。

男が四つ辻であった女は、さる大夫に捨てられた妻の生霊だったのである。

「物語に真実がないなどということはない。むしろ物語のほうが真実を捉《とら》えていることさえある。御仏《みほとけ》の教えも説話やたとえ話が豊富ではないか」と晴明が指摘した。

「なるほど。ところで、生霊が来なくなるにはどうしたらいいのだ」

「先の物語なら、女がさる大夫をすっきり諦《あきら》めればよい——要するに生きている人間のほうが反省して心を入れ替えるのがいちばん早い」

「嫉妬や恨みを抱いている人間に反省を迫るのか。難しくないか」

「だから生霊返しをするとともに、ふたりに生霊から狙《ねら》われるところを防いでもらうようにしてもらった」

典侍《ないしのすけ》に、後宮《こうきゅう》勤めで必要な知識や礼法などを実資が伝授したのはそのためだった。

同様に晴明も何度も頼秀のところへ通っては、彼の言い分をずっと聞いて、その生涯の反省を促していたのである。

「なぜそうすると生霊が来なくなるのだ」

「生霊も悪鬼羅刹《あっきらせつ》も、そのようなあやしのものの類《たぐい》は、こちらの心の隙《すき》を狙ってかかってくる。弱みだったり、過去の過ちだったり、自らと同じような感情だったりする。ひどい疲労や重責に押しつぶされそうになるのもそうだ。故にそういったものが心にまったくなければ、文字通りに取り付く島もないのだよ」

「弱みとか過ちとかはわかるが、重責によるものもあるのか」

晴明が小さく笑った。

「今日、帝《みかど》から直々に『藤原実資を太政大臣《だじょう》に任ずる』と言われたら、できるか？」

「む、む、む……」

その場で卒倒するかもしれない。

「仮に十年後二十年後に太政大臣になる人間でも、経験の浅い若いうちに重責を担って力量を超えてしまえば、悩乱するだろう。ましてや、太政大臣よりも歌人となるべき運命の人間ならなおさらだ。その悩乱が魔を呼ぶ。分限を知るとは、小さく縮こまっていろという意味ではなく、自分の花咲く場所と時期を心得よという意味なのさ」

「取り付く島もなくなった生霊はどうなるんだ」

「呪と同じさ。本人のところへ戻る。明確な呪いに近しいほどの恨みの場合は、本人が苦しむだろう。少将のときの呪のように、すぐに死にはしないだろうがな」

実資が大きく息を吐いた。

「なるほどなぁ。……筋道が通っているものなのだな」

「目に見えないだけで、律令よりも厳然とした法則の支配する世界だよ」

これはなかなか「日記」にまとめるのは厳しそうだ。

「生霊返しなど、まるで鏡を磨いて光を跳ね返すようではないか」

と実資がぬるくなった白湯をあおる。顔を戻せば、晴明と六合が真剣な目つきでこちらを見ていた。

「実資。やはりおぬしは聡《さと》いな」

「な、何がだ」

「心を磨いて鏡の如《ごと》くし、生霊や悪鬼の呪を跳ね返す。鏡の法は呪い返しの基本にして奥義のひとつぞ」

「そうなのか」と、実資のほうが驚いている。「何となく口から出たまでの表現だったのだが……」

「ふふ。そこで自分の勘を褒《ほ》め称《たた》えたりしない心ばえのほうが、鏡の法を言い当てたことよりもよほどに大切な『奥義』だがな」

何となくこそばゆくなり、実資は話題を変えた。

「そういえば、権中納言《ごんちゅうなごん》藤原義懐《よしちか》と左中弁《さちゅうべん》藤原惟成《これしげ》のふたりがそれぞれしばらく参内《さんだい》しないという噂《うわさ》が流れてきた」

権中納言藤原義懐と左中弁藤原惟成は帝の忠臣中の忠臣で、懐刀《ふところがたな》と言ってもいいほどの実力者だった。

義懐は今上帝の即位に伴って「帝の外叔父」となって、実資と同じく蔵人頭《くろうどのとう》に任じられ、ほどなくして権中納言となった。帝との姻戚《いんせき》関係のない左右大臣をもしのぐ力を持っている。

惟成は母が今上帝の乳母《めのと》であった縁で、即位と同時に蔵人になった。義懐を支え、ともに物価の統制や荘園整理に乗り出して権勢を振るい、実務では中心になって働いた。いまや左中弁と左衛門佐《さえもんのすけ》を兼ね、叙位をもほしいままにする権力者ぶりに、世上では「五位摂政《せっしょう》」ともあだ名されている。

実資から見れば、「ご苦労なことだ」のひと言に尽きる。

畏《おそ》れ多いが、帝はあの帝だ。その狂疾《きょうしつ》ぶりは「内劣りの外めでた」――内面は劣っているくせに見栄えはめでたい――とまで言われているのだ。その帝の権勢によって自らの権力を伸ばしたのだから、常人並みの仕事をしたのでは悪評はついて回る。よほどの善政を敷いて初めて評価されるだろう。だが、義懐と惟成が手がけた新制は富の流れを人為的に変えようとする政策で、かえって世の混乱を招きかねないものばかりだった。

ただ、この義懐たちふたりがいなければ、帝だけでは政《まつりごと》は回らないのは事実。

ふたりがしばらく参内しないのは、政治的には悪手だった。

「なぜふたりは参内しないのだ？」と晴明が至極当然な質問をする。

「権中納言どのは方違《かたたが》えだそうだ。出入りの陰陽師《おんみようじ》の見立てとのことで。惟成どのは腹痛だそうだ」

「ふむ？」と晴明が顎《あご》を引いて考える表情になる。「果たしてそれは本当なのだろうか」

「え？」

「いまはまだ独り言だ」

そのとき、門のほうから「ごめんくだされ」と人の呼ぶ声がした。

男の声だ。

静かな雨音をぬって、不思議にここまで聞こえた。六合が対応に出ようとしたところ、晴明がそれを制する。

「私が出よう。実資も来い」

「うむ？　わかった」

理由はわからぬ。しかし、晴明と行動を共にすれば、自ずとその意味はわかるはずだった。

そう思えるほどには、実資は白い狩衣のこの陰陽師を信頼している。

門には風雨に汚れた袈裟衣《けさころも》の僧が立っている。杖《つえ》を突き、笠《かさ》をかぶって雨をしのいでいた。表情はしかとわかりかねるが、背が高く、厳しい修行を重ねてきたのが見て取れる。年齢は三十歳から四十歳くらいだろう。僧は左右に童《わらわ》を連れていた。沙弥《しゃみ》と呼ばれる見習い僧だろう。どちらも利発そうな顔をしていた。よく似ているから双子かもしれない。

晴明たちが出ていくと、僧は軽く笠をあげて笑いかけた。屈託のない、それでいて落ち着いた、修行者らしい笑い方だと実資は感心している。

「突然の訪問の無礼をお許しください。私は安芸《あき》より参りました旅の僧にございます。こちらは陰陽師・安倍《あべの》晴明さまの邸でございましょうか」

僧は峰真《ほうしん》と名乗った。

「私が安倍晴明です」と晴明が袖《そで》先を合わせると、峰真は一歩下がって雨の中だというのに笠を取った。

「お初にお目にかかります。晴明さまのご高名は安芸国まで鳴り響き、その名声を聞くにつけても晴明さまのもとで陰陽道を学びたいという念《おも》いが止《や》まず、不躾《ぶしつけ》ながらお訪ね申し上げました。晴明さま、ぜひとも拙僧に陰陽道を教えてください」

「これはこれは。仏道修行に邁進《まいしん》される僧侶《そうりょ》としては稀有《けう》なことです。よろしい。お教えできるところはお教えしましょう。何はともあれ、そこでは濡《ぬ》れてしまいます。まずお入りなさい」

と言って晴明は峰真を手招きした。僧は礼を言って門をくぐる。童たちも一緒だった。実資が困惑する。

「晴明。どこの誰《だれ》ともわからぬ旅の僧に、陰陽道を教えるのか。あやしくないか」

すると晴明が口の端にごくかすかに笑みを見せた。

「あやしいと思うか」

「あやしいだろ」

「ふふ。よいではないか。童を雨の中、放《ほう》っておくわけにもいくまい。あのふたりだけでも邸にきちんといれてやりたいものよ」

お人好しだな、と実資は声に出さずにあきれている。

晴明と親しくなってしばらく経《た》つが、彼をつかめないのはこういうところだった。現世《うつしよ》を超越したような鋭いまなざしを持っているかと思えば、変に温かいところがある。学者のように物事を詰めて考える部分があるように見えるのに、矛盾する見解も両立させている。とはいえ、ただ清濁併《あわ》せのむだけではなく、そのまえには白黒をはっきりつける目を持っているのも明らかだった。

履き物を脱ぎ、足の泥を落とした峰真が母屋に入ると、晴明は自ら白湯を準備した。先ほどまでいた六合がいなかったのだ。これも実資には不可解だった。

峰真は気立てのよい人物らしい。言葉数は少なかったが、長旅の末にやっと晴明に会えた感動を、薄い頰《ほお》にあふれさせてにこやかにしていた。

一刻ほど世間話をしていただろうか。

「陰陽道を伝授たまわりたいのですが、何ぶん、今日は旅装のままです。今日のところはいったん宿坊に戻って、明日、改めてお伺いしたいのですが」

と峰真が丁寧に両手をついた。すでに晴明を師として敬っているようだった。

わかりました、と晴明は彼が来たときと同じように、自ら立って門まで見送る。実資も、何だか心配で晴明についていった。だが、実資が危惧《きぐ》するようなことは何もなく、峰真は丁寧に何度も頭を下げて、ひとり雨の中を去っていく。

けぶるような雨の中、旅の僧が消えていった。

「さて、戻ろうか」

と晴明がきびすを返す。そのとき、実資があることに気づいた。

「晴明、晴明」

「どうした?」と晴明が再びこちらに向き直る。

「先ほどの峰真どのだが、ひとりで帰っていったぞ」

「峰真どのはひとりだからな」

「そうではない。いただろう」

「誰が」

実資はいらだった。晴明はわざとこんな言い方をしているのだろうか。

「ほら、峰真どのが連れていた童だよ」

と言うと、晴明はにやりと笑った。

「童なぞいなかったぞ」

「何言ってるんだよ。ふたりいたじゃないか。双子ではないかな？　よく似てた、頭が良さそうな顔してて。晴明だって、雨の中かわいそうだみたいなこと言ってたろ」

「峰真が連れていたふたりなら、捕らえた」

「捕らえた⁉」

大きな声になった。晴明が涼しげな顔で告げる。

「あのふたりはただの双子の童ではない。式よ」

あなや、と驚く実資の目の前に、いつぞやの騰蛇《とうだ》がいきなり出現した。驚いて尻餅《しりもち》をつきそうになったが、騰蛇が左手で支えてくれる。

その騰蛇の右手には縄が二本握られ、その先にはふたりの童が縛られていた。峰真と一緒にいた童だ。

「晴明さまの目を盗んで式をこの邸に入れようとするなど、千年早いわ」

と騰蛇が笑いながら縄を引っ張った。ふたりの童は悔しげに身をよじっているがどうなるものでもない。よく見ればその目はつり上がり、額には小さな角が二本生えていた。

「角がある。こやつらは、鬼か？」

「ただの式だよ。小鬼を模しているかもしれぬが」

「どこでわかったのだ？」

「おぬしだって言っていただろう。あやしい、と」

「では、最初から——？」

「門をくぐるときに、螣蛇に命じて捕らえておいた」

晴明が童たちを指して「あのふたりだけでも邸にきちんといれてやりたいものよ」というのが、すでに式を絡め取る呪だったと、晴明がこともなげに説明する。

「ぜんぜん気づかなかった……」

峰真を見送って、その姿が見えなくなったときにやっと気づいたのだ。

「それは峰真どのも同じだろうよ。そろそろ気づいた頃《ころ》だと思うが」

実資は、あの気立てのよさそうな峰真が慌てている姿を想像してちょっと気の毒になった。いや、もしかしたらあれは仮の姿で、顔をゆがませて地団駄を踏んでいるかもしれない。

「では、陰陽道を学びたいと言ったのも嘘《うそ》か」

「嘘だな」と晴明があっさり言い切った。「この邸から何か奥義の類でも盗めればと思ったのかもしれぬが、おそらくは腕比べがしたかったのではないか」

「腕比べ？」

「明日来るとわざわざ言い残したのだ。必ず来るだろうから、まずは待とう」

言葉は呪だからな、と晴明が笑顔を見せる。

雨が止み、虹《にじ》が架かっていた。


翌日、晴明の邸へ峰真が約束通りにやってきた。今日は笠をかぶっていない。朝からからりと晴れていたからだった。

昨日の雨で濡れた地面はすっかり乾いている。

晴明と実資が門で出迎えるのも昨日と同じだ。

峰真はふたりの前に立って、大笑しながら腰を深く折った。

「はっはっは。いやいやさすがは晴明どの。聞きしに勝る腕。あのふたりをわが式と見抜き、それを捕らえるとは」

まったく悪びれるところがない。これが呪術者《じゅじゅつしゃ》の世界というものなのかと、実資は怪訝《けげん》な思いで見守っていた。

晴明はいつもの、両袖を合わせた姿勢を取って涼やかに返す。

「式がいないと何かとご不自由でしょうからお返ししましょう。峰真どの——いえ、蘆屋《あしや》道満《どうまん》どの」

　今度こそ実資は驚いた。

「蘆屋道満だって⁉」

　峰真がにやりと笑う。「これこれ。先日から気になっておったが、年上を呼び捨てにするものではないぞ」

　その声はしゃがれた老爺《ろうや》のもの——道満の声だった。

　実資が驚きと恐れで半歩後ずさりする。峰真がにやりと笑う。かの僧の両目が赤い光を放った。目だけではない。全身から赤い光が後光のように漏れている。その赤い光には仏像の光背のような尊さはなく、どこか心に粘つくものを感じさせた。

　峰真の身体《からだ》の輪郭が、赤い光にぼやける。

　不気味さで実資の肌が粟立《あわだ》った。

　ぼやけた輪郭が再び焦点を結ぶ。

　気づいたときには、旅の僧の峰真の姿は消え、あやしき陰陽師の蘆屋道満がいつもの襤《ぼ》褸《ろ》の乞食《こつじき》姿で立っていた。

「ほ、本当に、蘆屋道満なのか……」

　道満が嘲笑《ちょうしょう》する。

「ほっほ。だから呼び捨てにするなというに。まったく、現世の人間は目に見えるものしか信じられんというが、目に見えているものさえ信じられぬか」

「人間は目に見えるものに執《と》らわれているのではありません。自らの心に執われているのですよ」

と晴明が至極冷静な声を差し込んだ。道満が彼に目をやると、それだけのことなのに実資は先ほどまでの不気味さから解放される。

「ほっほっほ。さすが安倍晴明どの。仏法の理《ことわり》にも通じておるか」

「いえいえ。まだまだ若輩の身でございます」

と晴明が合わせていた袖を離すと、その右手に二枚の呪符《じゅふ》があった。晴明が軽く息を吹きかけると呪符が風に乗って道満のほうへ流れていく。門を出た瞬間、二枚の呪符は白く光って、ふたりの童に変じた。童どもは恐怖に顔を引きつらせ、道満の背後に隠れるようにする。道満は軽く右手を動かし、ふたりを再び呪符に戻した。

「たしかに返していただいた」

と道満が地面に落ちた二枚の呪符を取る。

目の前で起こっている出来事が自分の中の常識を越えてしまっていて、実資は頭がどうにかなってしまいそうだった。

晴明は相変わらず清流のように涼やかにしている。

「かような腕比べだけのためにわざわざ変化《へんげ》の術まで駆使されるとは思えません。当方ご訪問の真意をお伺いしたいものです」

「おぬしが気づいておればよし。気づいていなければ教えてやろうかと思ってな」

「私はまだまだ未熟者ですから、道満どのの知恵にはかないません」

晴明がへりくだると、喰《く》えない男よ、と道満は口の中でつぶやいた。次いで、枯れ枝のような指で実資を指さす。

喉《のど》を鳴らして唾《つば》を飲み込んだ実資に、老陰陽師が言い放った。

「この男、呪われているぞ」

「ふむ?」と晴明が小首をかしげる。

「無論、わしは何もしておらぬ。だが、晴明も知っておろう。呪われた者を側《そば》に置いておけば、おぬし自身の神通力にも影響が出る。場合によっては邪《よこしま》な力が流れ込んでくる、とな」

道満はいつものようににやりと笑っていない。眉《まゆ》を八の字にして、孫の身を案ずる老爺の表情そのもので髭《ひげ》をしごきながらこちらを見ていた。

道満はすぐに去った。

居心地の悪い雰囲気に、実資は脂汗が滲《にじ》んでくる。

実資、と晴明が声をかけてきたが、思わず後ろに下がってしまった。

「道満の奴《やつ》、何を言っていたのだろうな」

「何か身に覚えがあるのか」

「あるわけないだろう。ははは」

実際、ない。

ないのだが、相手はあの蘆屋道満である。

どこでどうにかされてしまっていたとしても、素人の実資にはわからない。

身に覚えがないからこそ、焦る。

特に道満が最後に言い残した言葉だ。「呪われた者を側に置いておけば、おぬし自身の神通力にも影響が出る。場合によっては邪な力が流れ込んでくる」と。晴明の邪魔をしたくはない。晴明の力は巨大だ。都を呪的に護《まも》る要のひとりだろう。その邪魔になるとは、端的に言えば都の敵になるというふうに思えた。

実資は大慌てで晴明の邸を去った。

呪われているぞ、と道満に言われた瞬間から実資の胸中には恐怖が嵐《あらし》となって吹き荒れている。

呪われている。

この俺が――。

門を出ると、途端に周囲のあらゆるものが恐ろしくなった。

いますぐあの螣蛇が現れて自らを縛り上げるのではないか。

あるいは六合がたおやかな美女の仮面を捨てて計り知れぬ力で自分を調伏《ちょうぶく》しに来るのではないか。

晴明自身が切れ長の目を静かに細めながら実資の命を奪うのではないか。

そのような妄想が次から次へと湧《わ》き上がってきたのだった。

実資は逃げ出した。


その日から、実資の身辺で大小さまざまな怪事が起きるようになった。

大内裏《だいだいり》の門をくぐるときに何羽もの烏《からす》に鳴かれることから始まり、寝所に大量の虫が入り込んでいたり、おろしたばかりの履き物が毀《こぼ》れて転倒したりした。頼りにしている家人《けにん》が熱で倒れ、牛車《ぎっしゃ》の車輪が外れた。

「災難だな」

「いくら何でも続きすぎる。陰陽師か密教僧に相談すべきだ」

と友人たちが心配するほどである。

「そうだな……」

いまも烏どもに糞《ふん》を落とされたところだった。

とはいえ、晴明に相談するのは気が引けた。晴明のことを考えるだけでわけもなくまた恐ろしくなるのだ。気持ちではなく、頭で理詰めで考えれば晴明が人間の命を奪うとは思えない。思えないのだが、むやみに晴明が恐ろしくなっていた。

実資の知っている陰陽師はすべて陰陽寮《おんようりよう》に属している。しかも相手は蘆屋道満である。誰かに相談すれば晴明に行き着くのは火を見るより明らかで、実資は陰陽寮への相談は諦めていた。

代わりに、知り合いの伝手《つて》で密教僧を紹介してもらったのである。

かの僧は、引き締まった身体をしていて見るからに厳しげな人物だった。年は三十歳くらいか。出家に対してこういう表現はどうかと思うが、人生の中でいまがもっとも脂がのっている雰囲気だった。筋肉質の腕と、仁王像のように雄渾《ゆうこん》な顔立ちをしている。厳しい修行に裏打ちされた自信がびりびりと伝わってきた。

実資が道満の名は伏せて相談すると、その僧はさっそく祈禱《きとう》に入った。どのような呪いが作用しているのかを特定するのだという。

護摩《ごま》を焚《た》き、低い独特の声で読経《どきよう》を続けること半刻。

「拙僧が修法をするに、実資さまには猛霊《もうりょう》なるものが憑《つ》いています」

「もうりょう……」初めて聞く言葉だった。

「その名の通り、猛《たけ》り狂い猛毒のように人に害をなす荒ぶるもの。そのなかでも特に難しい存在でしたが、おそらくは藤原師輔《もろすけ》どのが地獄から呪っているかと」

「何ですと」

藤原師輔といえば藤原北家《ほっけ》の系列だが、二十五年以上前、実資が四歳の頃に亡くなった人物である。有職と学問に通じた人物で、村上《むらかみ》帝時代に右大臣を務めた。没後、娘の安子《あんし》の子が冷泉《れいぜい》帝、円融《えんゆう》帝として即位したことで、帝《みかど》の外戚《がいせき》としての藤原氏の家系の基礎を築き上げたといえる。

直系ではないものの大雑把《おおざっぱ》には先祖のひとりと言えなくもない。

「師輔どのの流れは藤原九条《くじょう》流となりました。小野宮流である実資どのを呪っているようでございます」

「それで、どのようにすればその呪いは祓《はら》えるのですか」

「やってみましょう」

さっそく密教僧は護摩《ごま》壇《だん》を築き、儀式を執り行い始めた。

「のうまくさんまんだ　ばざら　だん　せんだん　まかろしゃだ　そわたや　うんたらた

かんまん」

不動明王《ふどうみようおう》の尊い真言《しんごん》が密教僧の口から流れ出す。

憤怒相の不動明王の力は、衆生《しゆじよう》を救うための御仏《みほとけ》の慈悲の転化であるとされた。いま僧が唱えているのはその真言の中でも慈救呪《じくじゆ》と呼ばれている。

じりじりと衣裳《いしよう》も肌も焼けようかという灼熱《しやくねつ》の護摩壇の炎。汗がそのまま蒸発してしまうような熱さに、実資もじっと耐えている。

実資は一心に不動明王を念い、密教僧は印を結んで真言を唱えていた。

そのときだった。

突然大きな音がして、護摩壇が崩れた。

よく、「耳をつんざく」というが、まさしくそのような大きな音だ。

「あなや」と実資が腰を抜かした。

横に崩れた護摩壇からは、早々に火が消えていく。

密教僧も息荒く立ち上がって目を見張った。

「何と。護摩壇を崩すとは、いかなる力によるものか」

「こ、これも呪いのなせる業なのですか」

実資は素人であるが、呪いが剝《は》がれたから起こった事態だとは思えないでいた。

密教僧は眉をつり上げ、奥歯をかみしめたような顔で、

「もう一度、やってみましょう」

と、護摩壇の準備に取りかかる。

ところが、再び護摩壇に火を入れて修法を始めたところ、先ほどと同じく大きな音がして護摩壇が崩れたのである。

ついに、密教僧は首を横に振った。

「申し訳ないことではありますが、拙僧には調伏しかねます」

「それほどに……」

「まことにお恥ずかしい話でございますが、拙僧の手には余ります」

熱さに耐えた肌の痛みが無駄になったようでがっかりはしたが、正直な僧でよかったと思った。ここで「拙僧にかかればこのような呪いなどひとたまりもありません」と豪語して、できもせぬ調伏を繰り返していたらこのあとどうなっていたことか。

密教僧はただ調伏を辞退しただけではなかった。待たれよ、と実資を待たせて別室でもうひとつの修法を行うと、御札《おふだ》を持ってきたのである。

「これは不動明王の種子《しゅじ》を記した御札です。この札を持って、西洞院大路《にしのとういんおおじ》と七条大路《しちじょう》の辻《つじ》へ行きなさい。そこで御仏を一心に念じて札を風に飛ばすのです。その札を拾う人物なら、あなたさまにかかった呪いを調伏できると、不動明王のお告げです」

実資は懇《ねんご》ろに礼を述べ、密教僧のところから退出した。

西洞院大路と七条大路の辻と口で言うのは簡単だが、なかなか大変だった。

途中、野良犬に吠《ほ》えかけられること三度、急に暴れ出した牛車にはねられそうになること二度だった。

一体いかなる呪いにてかような目に遭《あ》うのかと情けなくなってくる。

辻には多くの人が行き来していた。

男も女も、老いも若きもいる。ちょうど東市がそばで開かれていることもあり、人々の顔には何ともいえない力強さがみなぎっていた。

ここで札を飛ばせばいいのだな、と実資は懐から取り出す。梵字《ぼんじ》と呼ばれる密教の文字で書かれているので、何が書いてあるのかわからない。そういえば「御仏を一心に念じて」と言われたものの、どの仏尊を念えばよかったのだろうか……。

「仕方ない。——南無《なむ》釈迦《しやか》大如来《だいにょらい》、南無釈迦大如来、南無釈迦大如来」

と小さな声で三度唱え、手にした札を放った。

不動明王を念じたほうがよかったのか、と思ったが、もう遅かった。

梵字の札は力なくたゆたい、そろりと地面に落ちる。

誰もその札に気づいた様子はなかった、と思ったときだった。

白い手がその札に手を伸ばす。

繊細でほっそりしているが、男の手だった。

着ているものは白い狩衣。

白皙《はくせき》の面立ちに怜悧《れいり》な笑み。

男はその札を狩衣の袂《たもと》に入れる。

その顔を見て、実資が思わず声を上げた。

「晴明――っ」

涼やかな顔の陰陽師は切れ長の目を細めて微笑《ほほえ》む。

逃げねば、と思うよりも先に身を翻した。

実資の背後から乾いた音が二度する。振り向けば、晴明が柏手《かしわで》を打ったようだった。

辻の人々がこちらを見たが、すぐにおのおののすべきことに戻っていく。

「何も逃げなくてもいいだろう。水くさい」

「ああ。いや。その、何だ」

意味のない言葉しか口に出なかった。

「道満どのに『呪われているぞ』と言われて一目散に邸から出ていって、驚いたぞ」

「ああ……」と頷《うなず》きながら、何ともいえない気持ちが湧いてくる。

晴明がにやりと笑った。

「どうだ？」

「何がだ？」

「何で邸を飛び出したか、よくわからないだろう」

少し考えて、実資は頷く。

「うむ。なぜあんなに大慌てでおぬしの邸から逃げたか、よくわからなくなってきた」

「そのあと私を避けていた理由も、よくわかるまい？」

実資は両手で顔を洗うように拭《ぬぐ》った。

「そう言われてみれば、うまく説明できる自信がない」

よくよく考えれば――よく考えなくても、安倍晴明という当代屈指の陰陽師と知り合いにもかかわらず、彼を避けていたというのは、やはりおかしい。

「それが、そもそも道満どのの呪よ」

「あなや」

晴明は柏手を打つためにしまった札を取り出し、眺めた。

「ふむ。不動尊の御札か」

「ああ、それは――」と実資が密教僧の護摩壇の怪奇について、かいつまんで話した。晴明はゆったりとした表情で話を聞いていたが、実資の説明が終わると小さくため息を漏らした。

「御仏を頼れたのは幸いだった。もし、おぬしが陰陽寮はいやだからと在野の法師陰陽師を頼っていたら、もっと話はこじれただろう」

「そうなのか」

「密教僧も、われら官人陰陽師も、突き詰めれば神仏への信仰が根本。修法や儀式による調伏などは自分の力でなしえるものではない。神仏の光や慈悲を、自らの心を水路として水の如《ごと》く流すのが本質なのだが、法師陰陽師の中にはそうではない者もいる」

「神仏の力ではない、ということか」

「そうだ。天狗《てんぐ》や鬼、もののけなど、目に見えぬのをいいことに神を名乗るあやしのものはあとを絶たない」

牛車に乗ろう、と晴明が停《と》めていた自分の車に誘うので、実資は一緒に乗り込んだ。何となく身構えてしまうのは、この数日、牛車で散々な目に遭ったからだろう。

「大丈夫だ。気にしなくていい」

「本当か……？」

「それが道満どののやり方だ。道満どのの言葉はことごとく呪なのだ。その証拠に、ほれ、道満どのの呪いの言葉を受けてからしか、変事は起こっておるまい」

「……そういえば」

道満は「呪われているぞ」と言ったのだ。つまり、そう言われる以前から実資は呪われていたことになるのだが、烏に鳴かれたり、牛車が故障したりしたのはすべて道満の言葉のあとの出来事である。

牛車が動き出した。しばらく黙っていたが、順調に風景が流れていくのを確かめて、実資が尋ねてみた。

「さっき、神を騙《かた》るあやしのものの話をしていたが……」

「法師陰陽師たちの中には心を磨く修行や神仏の教えを学ぶ教学や体系だった学問をあざ笑う連中がいる。そういう連中は得てして自分のほうが呪術者としてすぐれているとちらちらと見せびらかすが、実際には神仏ではなくよくて天狗、悪ければそのへんの狐《きつね》が霊力を与えている者もいる」

「そんなに簡単にだまされるものなのか」

晴明は外の様子を見た。ちょうど、崩れかけた土塀がある。

「たとえば、ここで急に土塀が崩れたらどうか」

「え?」

聞き返すのが早いか、外の土塀が音を立てて崩れた。実資が驚きと恐れで引きつっていると、さらに「実資よ、実資よ」という声が聞こえる。

「だ、誰だ」と実資が聞き返すと、「京の大路の辻神である」と答えてきた。

「おい、晴明。『神』が出たぞ」

実資が興奮気味に言うと、崩れた土塀のそばに拳《こぶし》を固めた騰蛇が出現した。

「へへ。俺が声を変えてやったんだよ――『京の大路の辻神である』」

と言って土塀を殴って崩す。

「ほどほどにしておけ。少しは直しておくんだぞ」

と晴明が騰蛇に命じると、「かしこまりました」と一礼し、騰蛇の姿が消えた。代わりに、いましがた崩れた土塀が最初に見た崩れ方まで戻っている。

「言うまでもなく、騰蛇は私の式であって神仏ではない。だが、おぬしは『神』だと思った。そう名乗ったからな。人は目に見えないと言うだけでわからなくなるのだよ」

「では、道満もそのような『神』の力を……?」

晴明は頭《かぶり》を振った。

「あの御仁の場合はそうとも言い切れない。神仏の力のときもあれば、天狗や龍神の力のときもあるように見える。本人がどこまで自覚しているかわからないが」

牛車は晴明の邸へ着いた。柔和な笑みの六合に迎えられ、実資はほっと一息をつく。出された水で喉を潤すと、晴明が閉じたままの檜扇《ひおうぎ》を口元に当てるようにしていた。

「かの僧が言うには、その札を拾った人物が俺の呪いを祓ってくれるとのことだったのだが……」

「蛇と蛙《かえる》のように、天敵というものがある。道満どのが絡んでいるのだから、私が出るのがいいだろう。それはそれとして。密教僧のところでどのような見立てをされた？」

実資は腕を組みながら、

「藤原右大臣師輔どのの霊が呪いをかけている、と」

「ふむ？」

「師輔どのは私が四歳の頃に亡くなっているはずだ。面識がないから直《じか》に人となりに接したことはないのだが、俺の聞いている限りはそれなりに立派な人物だったと思う。その方が死後に猛霊とやらになって俺に呪いをかけているとか」

「ちょっと待て」と晴明が首をかしげた。「いま、何霊と言った？」

「猛霊。猛り狂い、猛毒のように人に害を与えるとか」

するとと晴明は顔をしかめて言い切る。「知らんな。そんな霊」

「どういう意味だ？」

「少なくとも私はかようなもののけの類は寡聞《かぶん》にして知らない。実資。あらためて私がおぬしの呪いの正体を探ってみたいのだが」

「ぜひとも頼む」と、実資が一も二もなく頭を下げる。あらあら、と六合が目を丸くしていた。晴明は檜扇を軽く開いて口元に当てる。

「その前に、おぬしがつけているという日記を見せてくれ」

「晴明のことはまだまともに書けていないが」

「そうではない。呪の正体を探るためだ」

どこかで雀《すずめ》の鳴き声がしきりにしていた。


晴明は邸に祭壇を築くと、儀式を始めた。祭壇の木の香りが実資の心を落ち着かせる。晴明の左右に六合と騰蛇がいた。ふたりとも無言で合掌している。いつかのように言い合いをする雰囲気ではなかった。

実資はその後ろに座っている。

「陰陽師・安倍晴明、謹《つつし》みて申し上げ奉ります――」

晴明が自らしたためた祭文《さいもん》を読み上げると、場が一変した。密教僧の祭壇も神聖さでは同じだったが、晴明の祭壇のほうは夜明けの空気のような鋭い静謐《せいひつ》さがあった。

「天帝の御名《みな》において、藤原実資に取り憑きたる者よ。その姿を現し、その想いを語り給え――」

すると騰蛇がかすかに首だけ後ろに向け、実資にささやいた。

「今回は六合に行くぞ」

え、と実資が聞き返したときだった。

「うーん……」と六合が、突然鼻から息を強く吐いたのだ。これまでの彼女からは聞いたことがないような大きな音を立てている。驚いている実資の目の前で、六合が目を閉じたまま大仰に顔をしかめて首を左右に振る。

『誰だ。わしを呼んだのは』

実資は鳥肌が立った。声は六合なのだが、話し方が違う。壮年か、老年か、いずれにしても大分年上の男のしゃべり方だった。

祭文をたたんで奉納した晴明が、六合に身体を向ける。

「私がお呼びした」

晴明は礼儀正しく振る舞っていた。

『はっ。陰陽師風情《ふぜい》が。殺してやる』

と、六合の見た目と声なのに、悪《あ》し様《ざま》に罵《ののし》っている。

いきなりの罵倒《ばとう》に面食らった実資が、何が起こってるのだと小声で騰蛇に質問した。

「俺たち十二神将は、ときに依《よ》り代《しろ》になるんだ。わかるか？　依り代」

「霊をかからせる人のことだよな」

「晴明さまも俺たちも、そんなことをしないで悪鬼なり生霊なりと話もできるし、正体を追い詰められるのだが、実資どのに見せるためにこんなふうにしたのだろうよ」

「な、なるほど。つまり、六合どのには俺に呪いとして来ていた霊がかかっている、ということなのか」

「そうなるな」

その間にも晴明と六合の対話が続いている。

「あなたが実資に取り憑いている方でよいかな？」

『まあ、そうだろうな』

「密教の行者によれば、あなたは藤原右大臣師輔どのの霊だとか」

『師輔、師輔、師輔……。わしは師輔と言えなくもないか』

「言えなくもない？　では、師輔どのの霊ではないと？」

『わしは藤原氏のすべての御霊《みたま》のすべてを超えているからな。猛霊とはわしがあの密教僧に教えてやった偉大な秘密。ゆえに、師輔もわしの一部よ。安倍晴明だか干物の晴明だか知らんが、おぬしごときにわからぬ神よ』

「猛霊、という言葉を私は寡聞にして知らぬ。どのような意味で使っているのか」

『はっ。陰陽師のくせに知らぬと申すか。雑魚《ざこ》雑魚。陰陽師なら誰でも知っている常識だろうに、とんでもない恥をさらしておるぞ』

「あなた自身も説明ができぬようだな」

『ああ？　殺すぞ、小童《こわっぱ》。わしの偉大さを語って聞かせてやる。わしはな――』ととうとうその者は師輔の官歴と活躍について語り始めた。師輔の霊だけあって、生前の彼の事跡には詳しい。放っておけばいくらでもしゃべっていそうだった。

晴明が右の手のひらを見せて、話を止める。

「御尊父の藤原忠平《ただひら》どのから有職故実《ゆうそくこじつ》を学び、長男の実頼《さねより》どのが小野宮流となり、あなたが九条流となられた」

『そうそう。九条流が主流。晩年はますます細かいところに気がつくようになって、いろいろと詰めていった。歌だってうまかったのだからな。多彩な天才だよ、わしは。小野宮流はおまけよ』

六合が男のように腕を組み、あぐらをかいて威張っていた。

とはいえ、実資は妙な違和感を持っていた。目の前に繰り広げられる光景にではない。六合に取り憑いた何者かの話の内容に、である。どの話も微妙に上っ面を撫《な》でているだけのようにも聞こえる。何か紙に書いたものを読み上げているような感覚だ、と思ったとき、かの者の話しぶりはまるで日記を見ながら答えているようだと思い至った。

こやつ、本当に師輔なのだろうか……。

「すべてを超えている、ということは別個の存在ですか。あなたの話にはどうも矛盾があるようですが」

六合が大きく舌打ちをする。

『ちっ。くっだらねえことこだわってんじゃねえよ。おまえ、狐の子なんだろ？　ほんとはおまえがただの化け狐じゃねえのか』

彼女に取り憑いているものは雷雨のように晴明を罵倒し始めた。安倍晴明の母は白狐である、というのは、巷間《こうかん》よく知られた噂話である。本人は否定も肯定もしない。ただし、いまの文脈で語られれば、それは晴明への罵倒の意味を多分に持っていた。

晴明は檜扇を開いて口元を隠しながら、涼やかに受け流している。そばで聞いている実資のほうが頭に来ていた。

何か言い返してやろうと力んだとき、騰蛇が言葉を発した。

「やめろ」

「え？」自分がこれからやろうとしていることがわかるのか。

「ああいう邪悪な連中は、悪口や猥雑《わいざつ》な言葉などでこちらの心を波立たせたいんだよ。心が丸く鏡のように調和していれば奴らは影響力を与えられないが、こちらの心が怒りや嫌悪で揺れ始めると、奴らはそこに爪《つめ》を立てられるようになる。そもそもおまえに憑いている呪いだということを忘れるな」

「じゃあ、どうしたら」

自分のせいだと思えばこそ、なおさら怒りも湧いてくるというのに。

「晴明さまのように聞き流せ」

悪口を並べ立てる霊と晴明の問答が続いたが、程なくして晴明が音を立てて檜扇を閉じ、床に置いた。

「なぜ実資に取り憑いた？」

ずばり晴明が質問すると、六合が嫌悪感をむき出しにする。

『こやつはわしを辱《はずかし》めた。衆人の中で笑い者にした』

晴明はすっと目を細めた。

「あまり時間を無駄にしたくないので率直に聞こう。おぬしは師輔どのの霊ではないな？」

『くく。何を根拠に』

すると、晴明は流麗な横顔でこちらに言う。

「実資。おぬしが感じている違和感を言ってやれ」

「どうして、それを」

「心の声がうるさいほど聞こえていた。言ってやれ」

六合が顎をそらせ、羅城門《らじようもん》の盗人《ぬすつと》もかくやはという傲岸《ごうがん》なまなざしで実資を見た。美貌《びぼう》の六合ゆえに、背筋がしびれるほどに恐ろしい。六合に向かって話せばいいのか、六合ではないあやしのものに向かって話せばいいのか……。

『言いたいことがあるなら言えよ』

と挑発してくる。

さらば、と前置きして喉を励ました。

「おぬしは俺に辱められたと言っているが、あいにく俺は生前の師輔どのにお会いしていないはずだ。また先ほど来、おぬしは師輔どのの事跡を口にしたが、どれもこれも事実の列挙。本人らしい気持ちが感じられない」

『ああ？』

「俺も日記を書く。日記には事実をそのまま書く。感想を書かないこともある。しかし、日記に何を記し、何を記さないか自体が書き手の心を表すのだが、いまのおぬしにはそれすらない。師輔どのの息吹《いぶき》がないのだ」

『…………』

六合が不快感をあらわにしている。

「きっぱり言ってやれ」と晴明が微笑んだ。得体の知れない存在相手だが、実資は力が湧いてくるのを感じる。

「おまえは、師輔どのではない」

実資が言い切ると、六合が苦しみだした。

『小僧が……ッ』

「あやしのものはそれぞれ苦手とする存在がいる。だからこそ、私は十二もの式を操るわけだが、彼らが共通してもっとも嫌うもののひとつは『真実を突きつけられること』だ」

晴明は柏手を三回ずつ四度叩《たた》いた。

『うるせえ。わしは藤原家のすべてだ。わしが――』

「人間としての師輔どのにはいくつか欠点があっただろう。けれども、有職故実に通じ、しかも後世の子孫たちへ公家《くげ》のあるべき姿を『九条殿遺誡《くじょうどのいかい》』として残すような堅実な方だった。おぬし程度の器ではない」

と晴明も断言する。六合は頭を抱え、這《は》うような姿勢で苦しみ、もがいている。その豹変《ひょうへん》ぶりに唖然《あぜん》としながらも、「晴明。そうしたらこいつは誰だ」と実資は問う。

「実資は自分で近いところまで行っている。師輔どのではないが、師輔どのの事跡をよく知る者。さらに実資のところに来る理由がありそうな者」

実資は左手をあげて晴明の言葉を止めた。「……藤原、顕光《あきみつ》どのか?」

六合に取り憑いたものが、憎悪の表情をむき出しにする。

『実資。よくわかったな。無駄な日記書きめッ』

「縛ッ」

こちらに襲いかかろうとした六合を、晴明が刀印を結んで、抑え込んだ。六合が縄で縛られたようにどうと倒れる。もがきながらもこちらをにらんでいた。

「不動金縛りの術で締め上げてある。逃げられぬよ。――死んで暴れている霊と暴れ回る生霊はなかなか区別がつかないから、密教僧が見誤ったのも無理からぬことだが、なるほど、藤原顕光どのか。たしか師輔どのの孫で、まだ生きていたな。ならば祖父の事跡は知っていようが、その気持ちはわかるまい」

『黙れ。狐陰陽師。——くそっ、動けん』

「おぬしは師輔どのではなく、顕光どのの生霊だったのだな。正体さえわかってしまえば対処法はいくらでもある」と言って晴明が片膝《かたひざ》を立てた。刀印を激しく振るって五芒星《ごぼうせい》を切る。


「急急如律令ッ」


ぎゃあっ、という悲鳴とともに、六合の身体が跳ねた。雷撃を受けたように身体を反らせて動かなくなっている。

「せ、晴明——」と実資が不安げに声をかけると、騰蛇が彼女のそばに寄り、顔の前で指を一度鳴らした。その音が合図になっていたように、六合が息を吹き返す。

「ふう……。ありがとう、騰蛇」

「どういたしまして」と騰蛇が自分のいた場所に戻り、晴明に頭を下げた。

六合は起き上がって若干乱れた衣裳を直すと、こちらも座り直して晴明に一礼する。

実資も大きく息をついた。

「終わったのか。六合どのは大丈夫なのか」

「今回の憑きものには六合が入りやすかったようだ。式にあやしのものを重ねるというのも多少強引ではあるが、うちの者たちは慣れている」

ははは、と騰蛇が軽く笑う。実資は感心したように腕を組んだ。

「いろいろなあやしのものの話は聞いていたが、生々しかったな」

「顕光どののほうで特別に呪を打ったということはあるまい。おぬしへの鬱屈《うっくつ》した強い念いが生霊になり、それを道満がうまく利用したというところだろう」

「やはり道満……」

生霊が途中、猛霊という言葉を知らない晴明を痛罵《つうば》したときに、陰陽師なら誰でも知っているというような言葉を使っていた。要するに陰陽師の力が加わっていたと見てよい。それはいまなら道満しか考えられないのだが、悪知恵は授けたが呪を授けはしなかったらしい。

「あの御仁が本気を出したら、おぬしは三日と持たずに死んでいるやもしれぬ」

実資はめまいを覚えた。

「そ、そうだったのか……」

「ところでどうだ。身体が軽くなったのではないか」

「そういえば、そんな気もする」と実資が腕を回す。

「人ひとりの念いがずしりと乗っかっていたのだからな。ところで、おぬしと顕光どのは仲がいいのか?」

「ああ。俺よりも年上だが、よく一緒に蹴鞠《けまり》をしたり、曲水《きょくすい》の宴《えん》で遊んだりしてくださる。ほれ、おぬしと最初にあったとき蹴鞠をしていた仲間のひとりだ。蹴り損じて鞠を落とし、藤原道長《みちなが》が取りに行ったときの」

「そうか。覚えていないな」

と、晴明、素っ気ない。

「……まあ、おぬしはそう言うと思っていたが」

「とはいえ、これで全部解決とはいかない。元を正さない限り、何度でも来るさ」

「生きている人間の方がしつこいのだったな。此度《こたび》ならどうすればよい?」

食らいつくようにした実資の前に、水が用意された。いつの間にか六合が出してくれたのだ。いつも通りの六合の笑顔があって、ほっとする。

「呪いそのものは返すことはできる。ただ、生霊を止めるには生きている人間の方を説得した方が早いし、確実だ」

「でもどうやって……」

「だから、おぬしに日記を持ってきてもらったのだよ」

「日記を?」

晴明も水を口にした。

門の向こうで牛車が通る音がしている。


数日後、実資は内裏の部屋で顕光と会う約束をしていた。

実資は先について待っている。

晴明がついてくると言ったが、断った。

緊張で身体がこわばる。何度も大きく深呼吸をしていた。そばの包みを確認する。手ぶらでは間も持つまいと何だか気になって、ちょっとした物を持ってきていた。

簀子《すのこ》で足音がする。

「すまない。待たせたか」

と顕光が笑顔でやって来た。

先日の生霊の嫌悪と憎悪の感情などみじんもうかがえぬ。

「いえ、そのようなことはございません」

実資は両手をつくと、申し訳ございませんでした、と頭を下げた。

顕光があっけにとられている。

その翌日。今日の実資は晴明の邸にいた。晴れやかな表情で晴明に礼を述べている。

「その様子だとうまくいったみたいだな」

「ああ。最初、晴明が生霊に対抗するのに日記を使うと言ったときにはまったく意味がわからなかったが、自らの過ちを振り返れと言うことだったのだな」

「そういう面もある」

と晴明が苦笑していた。六合も同じく苦笑いを隠していない。

「しかし、日記を読み返してみて、まず顕光どのの生霊が言っていた『辱められた』に相当するところを捜し、正誤を省みよと言ったではないか」

実資がむくれている。

「それで見つけたのが、蹴鞠のときに顕光どのの失敗に、おぬしがふと歌を詠んでしまったのだったよな」

と、晴明が実資の口ずさんだ歌を諳《そら》んじた。『万葉集』にある歌だった。

仏造る　真朱《まそお》足らずは　水たまる
池田《いけだ》の朝臣《あそ》が　鼻の上を掘れ

――仏像を造る真朱が足りないなら、池田の鼻の上でも掘ればいい。

実資が真っ赤になる。

「軽い冗談だったんだ。ちょうど蹴り上げた鞠が顕光どのの鼻に当たって真っ赤になったから……」

だが、顕光の側では気分を害した。

「ちょうどその日、蹴鞠をしていた場所が後宮から丸見えだったのだろ?」

そこまでは日記にも記している。

「昨日の顕光どのの話では、ちょうど王女御などもが見ていたらしくて」

王女御婉子《おうにょうごえんし》がここでも出てきた。思わぬ符合に、晴明が珍しく目を見張った。

「何と。高貴なる姫のまえで笑われたとなれば、年長の顕光どのは穏やかではなかっただろう」

結果、生霊が発生したのだが……。

「俺が頭を下げたら、顕光どのはすぐに笑って許してくれたよ」

「よかったな。私は顕光どのを直接に知らない。人によっては過去の恨みに触れられたときに、もっと謝れ、もっと誠意を見せよと詰め寄る者がいる。今回とは違うが、明らかに向こうに非があるのに——非があるからこそ、それを指摘されると素直に謝るどころか自分の体裁を守るために間違いを押し通す者もいる」

「たしかにな。でも、顕光どのはそんなお人ではないよ」

と実資はからりとしている。

「そんな人ではなかったのはおぬしのほうだ、実資。おぬしが何もかも自分の不徳のいたすところと誠実に頭を下げて謝罪したからだが、今回はたまたまうまくいったに過ぎぬ」

「それは、うん、わかるよ」

実資とて、藤原氏の一員。人の世のどろどろしたものは見聞きしている。自分で悪事をなしていながら、いつの間にか被害を受けた側のような顔をしている者くらいは日常茶飯事である。

「反省できる人間のほうが神仏の目から見たら立派なのだが、反省しない人間のほうが現世では生き残ったりするからな」と晴明が皮肉そうにしていた。

「あの生霊の様子から、顕光どのはもっと怒っているかと思ったのだが……」

「それが現世のおもしろさであり、難しさよ。心でほんのわずか思っただけでも生霊は飛んでいき、暴れる。肉体に宿ってそれがわからないがゆえに、何となく今日もなあなあで人付き合いができる」

「全部わかってしまったら、人と会えぬぞ」

実資が嘆くと、晴明が声を上げて笑った。

「はっはっは。では、実資は陰陽師にはなれないようだな」

「……そのようだ」

「何はともあれ、うまくいって安心した。土産《みやげ》に用意した干し魚は顕光どのの口に合ったようだな」

ああ、とうなずきかけた実資が驚きの声を上げた。

「待ってくれ。どうして、それを知っているのだ」

快活な笑い声が聞こえて騰蛇が目の前に現れる。

「ははは。それはな、おぬしに手土産を持たせたのは晴明さまだからだよ。手ぶらではあれだろうということで、晴明さまの命令で俺が顕光の好きな物を探ってきたのさ。もちろん、目に見えない姿になってな」

「何だって？」

「姿を隠して顕光の身辺を観察し、好物が干し魚だと見つけ、それをおぬしの耳元でささやき続けた」

「……そんなこともできるのか」

晴明は檜扇を開いて口元を隠しながら、実資のうろたえる姿を眺めていた。

「生霊や悪鬼など、目に見えぬあやしのものはそうやって生きている人間に影響を与えるのだよ」

「何てことだ。自分でもなぜ急にこんなことを考えたのだろうと思ってはいたのだ。でも、俺には何も聞こえなかったぞ」

「目に見えない存在が現にいるように、耳に聞こえない声も実際にある。そこにはわれわれを善導する声もあれば人生を迷わせようとする声もある。人間は自分で思っているよりも遥《はる》かに多くの影響を受けているのさ」

「自分の判断だと思っている事柄が、実は何者かのささやきによるかもしれない、ということなのか」

と実資が言うと、晴明は檜扇を閉じて白皙の顔に満面の笑みを見せた。

「陰陽師とはこういうものだ。実資は陰陽師の真理に自力でたどり着いたようだな」

暑いほどの日差しで、庭の緑の濃淡が強い。蜂《はち》の羽音が聞こえた。

実資が改めて深々と頭を下げた。

「干し魚、顕光どのは喜んでいた。ありがとう。一通り話が終わったあと、顕光どのと俺、それから近くにいた若い公家数人で蹴鞠をやったよ」

「今度は妙な歌は口ずさまなかったろうな」

大丈夫だ、と真面目に答えた実資が付け加える。

「今回もちょうど王女御さまから見える場所だったようでな。王女御さまもいれば、先日の典侍どのもいた。元気そうだった」

「よかったな」

「顕光どのや俺が難しい球を蹴り返すと、王女御さまは手を叩いて喜んでくださったとか。ひょっとしてこれも、顕光の生霊への対抗として晴明がお膳立《ぜんだ》てしてくれたことだったのか」

「そこまではさすがにしなかったよ」

と晴明が笑いながら空の青さに目を細めた。

そのときである。

「ごめんくだされ」と門から老爺の声がした。

老爺は「蘆屋道満じゃ」と名乗っている……。

第四章　都の奇病と泰山府君祭

蘆屋《あしや》道満《どうまん》の名を聞いて実資《さねすけ》は身構えた。晴明《せいめい》は怜悧《れいり》な面立ちに笑みを浮かべている。

「客人を出迎えに行かねばなるまい」

と晴明が腰を上げると、実資は焦った。

「いいのか。その、道満だぞ」

「居留守を使って中に入ってこられたらどうする」

「それは、そうだが……」

「実資も来い」

「なぜ」

「おそらく道満が本当に用があるのは、おぬしだからだ」

そうまで言われてここでのほほんとしているわけにはいかない。

晴明と実資が門に行くと、例の襤褸《ぼろ》姿で道満が立っていた。何度か会っているが、そのたびに印象が悪くなっていく……。

道満は大口を開けて笑った。

「かっかっか。その男、もろもろを祓《はら》ってすっきりしたようだな。おぬしを呪《しゅ》で悩乱させて頭の中の考えと知識をごちゃごちゃにし、有職故実《ゆうそくこじつ》をねじ曲げてやろうと思っていたのだがな。有職故実が乱れれば儀典から内裏《だいり》は狂うからの。じゃが、これでは別の方策を考えねばなるまい」

言うまでもなく、実資の一件を指している。

「道満どのがいたずら好きなのはかねてから存じていますが、今回はいつにない念の入れようですね」

すると道満は口を閉じ、白い髭《ひげ》をいじりながら、

「知れたこと。わが呪の力の限界を知りたいのよ。都を転覆させるほどの力と知恵と業をわれは体得したのかどうか、とな」

いい加減にしてくれと実資は言いたかったが、また何か妙なことをされてもかなわないので黙っていた。

風が吹き、道満の髭と襤褸が揺れる。

晴明は軽く一歩、老陰陽師《おんみょうじ》に近づいた。

「あまり一方的に呪をかけられるのも不本意。されば、今度は私が力をご覧に入れましょう」

「ほう、ほう」と梟《ふくろう》が鳴くように道満が目を細める。

晴明は軽く顎《あご》をそらすようにして告げた。

「いまから七日ののち、都でよからぬ病が流行《はや》るでしょう」

道満が表情を消す。

「何だって」と実資が思わず晴明の腕に触った。「一体どういうことなのだ」

「言葉通りの意味さ。おぬしが道満どのの一言で逐電してしまってあちこち捜していた時期があっただろう。そのとき、夜、夢に住吉大神《すみよしのおおかみ》が現れてそのように告げたのだ」

「住吉大神……」

「外れていればそれに越したことはないが、天文の配置から見ても危うい」

道満が口を開いた。

「占《せん》はおぬしの得意分野じゃったな。安倍《あべの》晴明ともあろう陰陽師が予言するのじゃ。まず間違いなく都は荒れるのじゃろう」

「このままではだいぶ死にます」

「死ぬのじゃろうな。結構なことよ」

碁の勝負が終わって地を数えるように淡々と話しているふたりに、実資の焦りは募るばかりである。

「晴明。何とかならんのか。その占い、外れはしないのか」

「占には決まっているところと、変えられるところがある。たとえばおぬしが舟で川を下るとする。しばらくは穏やかだが一里先で流れが速まり、三里先で迂回《うかい》しなければ滝があるとしよう。おぬしはそれらをなくせるか」

彼のたとえ話に、実資は首を横に振った。

「俺は神仏ではない。川の流れそのものを変えたり、滝を消してしまったりはできない」

「それがほぼ決まっている出来事」と晴明が檜扇《ひおうぎ》を取り出し、閉じたまま口元に当てる。

「さらに問う。おぬしはそのような先のことは見えないで川下りをしているとして、最後まで舟を操り続けられるか」

しばらく考えて実資が再び首を横に振った。

「わからない。ひょっとしたら流れが速いところで転覆してしまうかもしれないし、迂回を思いつかずに滝に落ちるかもしれない。そうでなくとも、途中で岩に乗り上げたり、ひっくり返ったりすることだってあるだろう」

「おぬし、なかなか切れるな」と褒《ほ》め言葉を口にしたのは道満である。

「左様ですか」

「そんなに固くならずともよい。――おぬしの舟の漕《こ》ぎ方が上手であれば、どんな難所もすいすいと越えていけるじゃろう」

「まあ……」素直に頷《うなず》けないが、その通りだと思う。

晴明が苦笑しながら続ける。

「占で疫病が起こると出ても、かかる人あり、かからぬ人あり。それはその人の舟の漕ぎ方ひとつ。そのうえ、同じ川で幾千幾万の人が舟を漕いでいるのが現世《うつしよ》というものだ。何でもないところでぶつかり合って転覆する舟も出てこよう。さて実資。このなかで絶対に外れない占ができるか」

「む、む、む……」と実資は腕を組んで唸《うな》った。

「ふふ。あることはあるのだがな」

「晴明。それは何だ」

「人は必ずいつかは死ぬという占よ」

それは以前にも聞いた気がする。

何とも身も蓋《ふた》もない〝占〟だが、真実だった。

「では、人の世の営みは所詮《しょせん》むなしいだけか」

実資の問いに道満はにやにや笑っている。

「むなしい」と晴明は言い切った。「けれども、舟を漕がないでその場で転覆するのが正しいわけでもない。みなで力を合わせて難所を越え、舟を漕ぎきるのがすばらしい。だから、われら陰陽師は凶事を予知する。必ず凶を吉に転じる勝利の法をともに見つけるのさ」

「して、晴明よ」と道満が白い髭を撫《な》でている。「おぬしが言う疫病は、川の急流か？

それとも滝か？」

「できれば小さな岩が突き出している程度で抑えたいと思っています」

「ほっほ。それは楽しみじゃな」

と道満が笑うと、晴明はわざとらしく目を丸くした。

「何をおっしゃるのですか、道満どの。あなたにもこの疫病撃退を手伝ってもらいますよ？」

　道満は顔をしかめて腰を曲げた。

「おいおい。この老いぼれに何をさせようというのか。腰も痛いし、目も霞《かす》んでよう見えんというに」

「おやおや。急に老け込みましたな」

「おぬしらにあわせて無理に若く見せておっただけじゃ。せいぜい、がんばってくれ」

と道満が腰をかがめたまま背を向けようとする。

　そこへ実資が鋭く声をぶつけた。

「逃げるのか」

「ああ。逃げる」

「卑怯《ひきょう》ではないか」

「ああ。卑怯で結構」

まともに取り合わない道満に、実資が小走りに駆け寄る。

「おぬし、それでも陰陽師か」

「ああ。あいにくこれでも陰陽師じゃよ」

「陰陽師なら、晴明のように人助けをするのが本務ではないのか」

正論を説く実資に、道満はにたにたと笑った。

「陰陽師の本務は人助けではない。おのが力を磨き、人ならざるものと交わり、正気と狂気の境目を冷ややかに見下ろしながら生きることよ」

「何だと？」

「その途中で気が向けば、誰《だれ》かを呪《のろ》うてやったり、逆に呪を祓ってやったりもする。汚辱に満ちた都は滅んだほうがよい。わしが転覆させずともそうなるなら、楽をさせてもらうまでよ」

と、道満は去って行こうとする。

実資は納得できないでいた。

これから疫病が流行るという。晴明はそれに対抗するだろう。晴明は道満にも力を貸すように言った。それだけ大きな災いなのだろう。さらにうがって見れば、晴明が声をかけるということは道満にこれから来る疫病を祓う力があるのだろう。

患者が多いなら、医者も多いに越したことはない。

多少、どころか結構厄介な性格でも、腕が確かなら――。

そのときふと、実資の胸の中に道満の言葉がよぎった。

道満は言っていたではないか。おのが呪の限界を知りたい、と。

この老爺《ろうや》は、自らの力に誇りがある。誇りがあるとは譲れないものがあるということだ。

「蘆屋道満」と実資は声を張る。

「何じゃい」と道満がつまらなさそうに顔だけで振り向いた。

「ではいいのだな。蘆屋道満は疫病を祓う呪ができないので逃げた、と言いふらすぞ」

道満が身体《からだ》をこちらに向ける。

「小僧。何と申した」

食いついてきた。実資はこみ上げる笑いを隠して、さらにけしかける。

「蘆屋道満の呪は晴明に劣る、と言いふらしてやるつもりだ」

老体から殺気が発された。

やりすぎたか、と実資は胃の辺りが重くなる。

晴明が殺気と実資の間に入った。

「陰陽師ではない実資にここまで言われて、引き下がるようでは蘆屋道満の名が泣きましょう」

「そこをどけ。晴明。引き下がりはせん。ただ、その生意気な小僧にわが呪を味わわせてやるだけじゃ」

「道満どのの威神力は、呪術には素人の頭中将《とうのちゅうじょう》を葬り去るために用いるのはもったいないというもの」

「たまには安売りも一興じゃよ」

ふたりは軽やかに言葉を交わしているが、いつ道満が機嫌を損ねて実資に害をなすかもわからない。

だが、実資は引き下がらなかった。呪と称して生霊《いきりょう》に翻弄《ほんろう》された恨みもある。

「おぬしは都を転覆させたいのだろ？　だったら、転覆する都が疫病で滅んだら意味がないではないか」

実資、と晴明が小さく袖《そで》を引いた。ちょっと言い過ぎたのだろうか……。

道満は射貫《いぬ》くようなまなざしで実資を見ている。

どうなるのか気が気でない思いだったが、突然、道満がにたりと笑った。

「ふん。きさまらの口車に乗せられるのは業腹《ごうはら》じゃが——手を貸してやろう」

実資がほっとした顔を見せる。

「ほ、本当か——あっ」

と、実資が動けなくなった。実資の気が緩んだ隙《すき》に道満が距離を詰め、右手の指を伸ばしてこちらの首元に当てている。

「くく。今回だけじゃぞ、小僧。本来ならおぬしのそっ首など、とうにはねてやっているところよ」

「………っ」

道満が元の姿勢に戻った。「晴明も、わしに無用な殺生をさせぬようにな」

冷や汗がどっと出る。晴明はと言えば、いまは実資を気遣うでもなく、道満に対して丁寧に腰を折っていた。

「心得てございます。早速ですが、五条大路《ごじょうおおじ》から南を道満どのにはお願いしたい」

「話が決まった途端にしれっととんでもない役目を押しつけおる。調子のいい奴《やつ》め」

「お褒めにあずかり、恐悦至極《きょうえつしごく》に存じます」

「しかしよいのか。晴明」と道満がまたしても不気味に笑う。「奇病とやらの原因は都にたまった穢《けが》れじゃろう？　その奇病を祓っても、奇病として発散されるはずだった穢れをわしが都の滅びに使うやもしれんぞ？」

そんな視点はなかった。いろいろ難点のある老爺だが、陰陽師としては一流なのは間違いないらしい、と実資は観察している。

「そのときはあらためてお相手申し上げましょう。けれども、これから起こる奇病を見れば、そうも言ってられますまい」

いつも涼しげに笑っている晴明の目が真剣な光を帯びていた。その目の光に、何か言い返そうとした道満が口をつぐむ。

「その奇病は、もう避けられないのだな?」と実資が生唾《なまつば》を飲み込んだ。

「避けられない」と晴明が断言する。「われらにできることは、残る七日の間に対処の準備をしておくことだ。実資にも手伝ってもらうぞ」

鴫《しぎ》の鳴き声が空に響く。日が西の山間《やまあい》に沈もうとしていた。

急に寒くなったようで、実資はぶるりと身を震わせた。


十日しないうちに、都の西側、つまり右京から妙な病による死の報告が上がってきた。

それはたしかに奇病だった。

ついさっきまで元気だった人間が、突然、熱を出して倒れてしまう。

呼びかけても返事はない。

ただ倒れただけなら、風邪《かぜ》などの疑いがあるが、問題はそのあとだ。

倒れて寝ている病人の枕元《まくらもと》に、男の手のひらくらいの大きさの小さな鬼が数体現れる。

小鬼どもは熱に浮かされる病人の枕元で、歌い、踊り始める。

聞いているだけで気持ちを不安にさせる歌であり、声だったとか……。

すると、意識のないはずの病人が一緒にその歌を口ずさみ始める。

意識は戻らぬまま歌だけが続くとともに、全身が黒ずんでいく。早い者であれば一日、遅い者でも三日で全身が真っ黒になり、息絶える。

病人が息絶えると、小鬼たちは蜘蛛《くも》の子を散らすように消えていく。

男女や年齢の別なく、いきなりそのように倒れた者は、届けられた数だけで十五人いた。

陰陽師のみならず、密教僧たちも病気平癒《へいゆ》に尽力していた。

その報告を内裏から晴明のところへいち早く届けた実資は、彼の邸《やしき》の母屋《もや》で蒼白《そうはく》になっていた。

「晴明。これがおぬしが言っていた奇病なのか」

「おそらくな」

実資が険しい顔をしている。

「内裏は大丈夫なのだろうか」

この場合の内裏とは主上《しゅじょう》と后《きさき》たち、および皇族たちである。

「奇病が内裏を冒さぬよう、陰陽寮《おんようりょう》に動いてもらっている。七日の間に打ち合わせをし、呪符《じゅふ》も十分に用意した。賀茂《かも》家が総力を挙げて対抗するから、まず間違いはないだろう」

「密教僧たちも出てきているんだよな」

と実資が尋ねると、晴明は髭のない顎をつるりと撫でた。

「有り難い話だ。まさに応病施薬《おうびょうせやく》だよ」

「御仏《みほとけ》の慈悲は、病に応じて薬を施すが如《ごと》く、相手によって千変万化するという意味だな」

「ああ。われら陰陽師《おんみょうじ》の呪では祓えなくとも、密教僧の法力なら祓えるものもあるということさ」

風もなく、静かな都がかえって不気味に思える実資である。

「奇病とは言え、病なのだろうから、ある程度こんなものだろうと考えていた症状はあったが……話に聞く限り、そんな想像は簡単に壊してくれた」

すると、邸の庭に一羽の烏《からす》が降り立った。烏がこんなに近くに来るとは、さらにいかなる凶兆かと実資が恐れおののいていると、その烏が人語をしゃべったではないか。

『晴明さま。六角堂《ろっかくどう》の南、四条《しじょう》の辺りで奇病を発見しました』

実資の表情が恐怖から驚愕《きょうがく》に変わった。

「聞き覚えのある声……もしや、騰蛇《とうだ》どのか」

烏は実資に向けて、かあ、と一声鳴いた。

『そう。俺《おれ》だ。あの格好は意外に目立つし、こういう探索には空を飛んだ方が早いこともあるからな』

「十二天将のうち、八将までを都に放った」と晴明。

「何と」

『晴明さま。邸では年を取った密教僧が病に当たっていますが、すでに何人もの病気平癒の御修法《みしほ》を行ったようで体力が持たないかもしれません』

晴明が舌打ちする。

「まずいな。螣蛇。その家に案内してくれ」

『かしこまりました』と言うと、鳥の姿が淡く光り、疾《と》くいつもの螣蛇の姿に変わった。

晴明と実資は牛車《ぎっしゃ》に同乗し、螣蛇が脇《わき》を走って案内する。

邸から東洞院《ひがしのとういん》大路へ抜けて、そこからはまっすぐ南へ行く。

都は内裏を中心として左右に分かれていた。主上が南を向いて座について都に向かったときに合わせて、東側が左京《さきょう》、西側が右京《うきょう》と呼ばれる。左京は一条《いちじょう》を中心として公家《くげ》の邸宅や有力な寺社が多い。右京の方が水はけがよくなく湿地帯が多かったからだった。

六角堂を過ぎて四条大路にぶつかると、螣蛇が東へ曲がった。

そこに邸がある。四条孝昭《しじょうたかあき》という公家のものである。

門の前に上代の衣裳《いしょう》の六合《りくごう》が立っていた。

晴明さま、と六合が恭しく頭を下げる。「邸の者へは晴明さまの到来を話してあります」

「ありがとう」と礼を述べ、晴明が牛車から飛ぶように邸へ入った。実資もあとを追う。

手には弓を持っていた。矢はない。晴明が牛車の中で渡したものだった。

六合の言うとおり、晴明が名乗ると邸の者たちはすんなりと、病に倒れた孝昭のところへ通してくれた。

「あなや」

と、孝昭の様子を見た実資がたじろぐ。

熱に浮かされ、衾《ふすま》をかぶっている孝昭の枕元に、四匹の小鬼が歌い、踊っていた。


――けものか、人か、はたまた鬼か。

――だましだまされ、裏切り裏切られる。

――紅蓮《ぐれん》の炎に燃えるは、われかぬしか。


しゃがれ声の歌には恨みとも嘲《あざけ》りともとれぬ声色が混ざっている。

「内裏での話どおり、聞いているだけで心が不安になってくる……」

「あまり真剣に聞くなよ。引き込まれるからな」

「あ、ああ。わかった」

家人《けにん》の話では熱を出したのは昨日の朝で、右京の知人の邸から帰ってきてすぐだったという。今朝になって小鬼が出現したため、恐れおののき、たまたま孝昭が懇意にしていた大津《おおつ》の三井寺《みいでら》の老僧・智興《ちこう》が都に出てきていたのを思い出し、無理を言って病気平癒の祈《き》

禱《とう》を行ってもらったのだが、

「旅のお疲れがあったのか、ご祈禱の途中に息を荒らげてお倒れになってしまいました」

ということではないか。

「その智興さまはどちらに……？」

「おつきのお弟子さまともども、ひとまず奥で休んでいただいています」

高熱や小鬼の出現はないとのことなので、晴明はまずは目の前の孝昭に集中することにした。

この間も、小鬼どもは歌い、踊っている。

「何とも気持ちの悪いものだな」

と実資が顔をしかめると、晴明は「弓弦《ゆづる》を弾《はじ》く鳴弦《めいげん》で、自分を守っておれ」と命じてきたので、弓を弾き始めた。

鳴弦の独特の音に、小鬼どもは動きを止める。嫌そうに顔をしかめていた。だが、それはわずかな間だけ。小鬼たちは再び歌と踊りを再開した。

「おい、晴明。大丈夫なのか」

「私を信じろ。その鳴弦を続けていれば、小鬼どもはおぬしにはかからぬ」

「何と」

晴明は右手を刀印にした姿勢で、小鬼たちをじっくり観察している。

「病というものはほとんど大なり小なりこのようなあやしのものや生霊などが影響している。ましてや、今回のようなあからさまな奇病の場合は、絶対にあやしのものが病の力を増させているのだよ。目に見えるかどうかは別にしてな」

「なるほど」

「だから、悪鬼や魔物を打ち払う密教僧や陰陽師の力で病が癒えるのだ」

晴明の切れ長の目がきらりと輝いた。

「付くも不肖《ふしよう》、付かるゝも不肖、一時の夢ぞかし。生は難の池水つもりて淵《ふち》となる。鬼神に横道なし。人間に疑いなし。教化に付かざるによりて時を切ってゆるすなり。下のふたへも推してする……」

晴明が呪を唱えると、彼の後頭部を中心に光があふれた。

「な、何だ」と実資が彼を見やる。

鬼たちが目を押さえ、悲鳴を上げてひれ伏した。

さらに晴明が刀印で星を切る。

「いえいッ」

裂帛《れつぱく》の気合いとともに晴明が刀印を振り下ろした。黄金の光が孝昭の頭部と小鬼たちを一網打尽に打ち据える。小鬼たちにとっては刀剣よりも遥《はる》かに強烈な晴明の呪の奔流が、容赦なく彼らの身を焼いた。

晴明の呪のまえに、小鬼たちはとろけるように消えていった。まるで日に当たった霜のようだ。

いままで熱で苦しげだった孝昭の寝顔が、すっかり落ち着いていた。

「やったのか」と実資の尋ねる声が合図になったように、孝昭が小さくうめき、目を覚ました。

「や、これはいったい」とあたりを窺《うかが》っている。家人たちが驚く目の前でむくりと起き上がり、空腹を訴えた。これまでのことを晴明が手早く説明すると、これまでのことを思い出したのか、その場で座り直して姿勢を正すと改めて深く礼をして晴明に感謝の言葉を述べた。

「どうやら、これで問題はなさそうだ。次は智興さまが気になるな」

「ああ」

奥の間を覗《のぞ》かせてもらうと、そこに老いて痩《や》せた僧が横になっている。これが智興だった。目を閉じ、静かに寝ているのだが、目尻《めじり》や頬《ほお》のしわのひとつひとつに厳しい修行で心を磨いてきた尊さがにじみ出ている。白いあご髭が、温かな人柄を連想させた。身につけている袈裟衣《けさごろも》はよく着慣れていて、決して高価なものではないが有り難さを思い起こさせる。

智興は熱もないようで、ただ静かに仰向けで眠っているように見えた。痩せているためか、衾に覆われた首から下が何もないように平らだ。

周りに若い弟子たちが何人かいた。みな沈鬱《ちんうつ》な表情をしているが、取り乱したところはなく、静かである。

失礼します、と晴明が声をかけると、弟子のひとり証空《しょうくう》という者が挨拶《あいさつ》した。真面目《まじめ》そうな若者だ。一同を見たところ、もっとも年下に見える。頬は引き締まり、目には真摯《しんし》な求道《ぐどう》の光が宿っていた。丁寧に修行を積んでいる様子である。

「陰陽師の安倍晴明さまですね。ご丁寧にありがとうございます」

「私をご存じでしたか」

「内裏でお見かけしたことがございます。そちらはたしか、藤原実資さま」

名を言われて、実資も驚く。「私のことまで」

「私は出家して日も浅く、師の身の回りを仰せつかっています。師僧・智興はごらんの通りの高齢。おまけに無頓着《むとんちゃく》な性格なので人の名前を覚えるのが苦手で……」

と証空が苦笑した。実資も小さく笑って返す。

「なるほど。証空どのは上手に師を支えておられるのですね。智興さまをお見舞い申し上げてよろしいでしょうか」

「どうぞ」

晴明が智興の様子を確認していた。

「智興さまは、あの奇病を治そうと御修法をなさっていて、倒れられたとか」

「はい。もう年だからとお止めしたのですが、衆生《しゅじょう》を救わずして何の仏法かと私たち弟子を一喝されまして」

この数日はろくに休みもせず、都で忙しく立ち回っていたという。実資は鼻の奥がつんとなった。

「近頃《ちかごろ》は、修行どころか自らの好き勝手な説を唱えたり、名利を貪《むさぼ》らんとする僧の噂《うわさ》も聞きますが、智興さまの何と尊い――」

その横で、晴明が痛ましげにため息をついた。

「智興さまは名利どころか命さえも惜しまず、人々を救おうとなさった。心身共に円満なときであれば、このくらいの奇病、智興さまの法力で何とでもなったろうに。だが、老いからは誰も逃げられぬか」

「智興さまは、どうなんだ」と実資が尋ねる。

晴明が小さく首を横に振った。

「精も根も尽き果てていらっしゃる。もはや、余命は数日ばかりか」

その言葉に、初めて証空たちに動揺が走る。心を揺らすなと修行し、さらに師への篤い尊崇の念で押さえられていた感情が、晴明の指摘で露《あら》わになったようだった。

「なんとかならぬのか」

「人は必ず死ぬ。御仏も説いているように生老病死は真理だから」

実資は食い下がる。

「それはわかっている。けれども、都の人々を救ってきてくれた方だろ？　これからだって大勢の人を救える。そうですよね、証空どの」

「はい。師は、釈迦《しゃか》大如来《だいにょらい》の教え、仏法こそが命だと私たちにも教えてくださっています。仏法で人々の心を救うことを主眼としつつ、法力でも人を救おうとされてきました」

晴明が頷いていた。

「単に法力だけでは一時的な救いにはなっても、根本が変わっていないからな。陰陽師も吉凶を占うことで凶兆を摘み取り吉を選ばせようとするが、自ら吉を選ぼうとする本人の心なくしては、最後にはあやしのものや生霊を打ち払えぬ。それをきちんとわかっていらっしゃる方は意外と少ない」

「だったらなおさら、助けてやってくれよ」実資の声が震える。「証空どののたちも、そう思うだろう？」

しばらくして、苦しげな顔で証空が言った。

「仏弟子として、この世の生に執着してはならないのはわかっています。けれども……いましばらく、人々を救っていただきたい。そして、もう少しだけでも、私たちを教え導いていただきたい――」

とうとう証空の目から涙がこぼれる。ほかの弟子たちも、ある者は洟《はな》を啜《すす》り、ある者は身を震わせ、ある者は拳《こぶし》で涙を拭《ぬぐ》った。

「晴明。都でもっともすぐれた陰陽師のひとりだろ？　助けてやってくれ」

と実資が背を押す。証空たちも深く頭を下げていた。

「できぬことはないのだが……」

「本当か⁉」と実資が顔を輝かせる。「証空どの。これでひと安心だ」

弟子の僧たちが顔を見合って安堵《あんど》の息を漏らした。

ただし、と晴明が付け加える。

「師である智興さまの命を救うには、その代償として別の人間の命を差し出さなければならない」

その声に、座が静まりかえった。向こうでは奇病から回復した主人のために家人たちがばたばたしているのが聞こえる。

「それは、代わりに誰か死ぬということなのか」と実資。

「そうだ。誰かを死ななくする代わりに、別の誰かが死ぬ。よって常世《とこよ》に向かう魂の数は変わらない」

弟子たちは互いの顔を見合っていた。当然だろう。自分の師匠の代わりに、自分の命を差し出せと言われているのだ。師匠は大事だが、自らの命も大事に決まっている。

その間、智興は寝息も立てずに眠っていた。

とうとうと言うべきか、やっとと言うべきか、ひとりの弟子が手を上げた。

証空だった。

「私の命でお願いします」

ほかの弟子たちがざわめく。実資が腰を浮かせた。

「証空どの――」

「私は師のおそば近くにいる者のひとりです。本来、師の体調も十分に気をつけていなければいけなかった。それができなかった私の命であがなうのがせめてもの師へのお詫《わ》び」

ほかの弟子たちは視線を落とし、重く沈黙している。

晴明は涼しげな顔のまま、座を見回した。

「それでは、証空どのの命を用いて儀式を――」と晴明が言いかけたときである。

晴明、と実資が彼を妨げた。

「その儀式に必要な『誰かの命』というのは、そのものの身近な人間でなければいけないのか」

「そういうわけではないが」

するとと実資が言い放った。

「俺の命を使え。晴明」

「何だと？」

これには晴明のみならず、証空たちもどよめく。

「何と」

「実資どのが？」

「何の縁もございますまい」

実資が右手を突き出すようにして、みなを静かにさせる。

「俺だって死にたくはない。死にたくはないが、智興さまがいましばらく地上に生きていてくださったほうが、多くの人を救いうると思うのだ」

「ですから、それは拙僧が」と証空が詰め寄るのを、実資はなだめた。

「おぬしは智興さまの側近としてお支えしなければいけない存在だろ？　それはほかのお弟子方とて同じこと。だが俺は藤原家の人間で、ほかに藤原を名乗る公家はごまんといる」

「そんな……実資さまとて代わりのいる方ではありますまい。これはわれら師弟の問題です」

晴明は髭のない顎をつるりと撫でた。

「では、実資でいこう」

思わず背筋がぞくりとする。「ふふ。思ったよりあっさり決めるのだな」

「ここで私が悩んだら、おぬしの決心が鈍る」

「……そうだな」

残る家族や親族に言い残すことを何かに書きたいと思ったが、それも気持ちを鈍らせると思ってやめた。奇病にかかって倒れ、何も言い残すひまもなかったのだと思ってもらうしかないだろう。

「それでは智興さまのために執り行おう——泰山府君祭《たいざんふくんさい》を」


晴明は人を手配して自らの邸へ智興とその弟子を招き入れた。

邸の庭に泰山府君祭の祭壇《さいだん》を築き始める。

泰山府君とは神の名である。閻魔《えんま》大王と同一視されることもあった。

天帝の孫とも言われ、人間の寿命と福禄《ふくろく》を支配するという。陰陽道《おんみょうどう》の主祭神とされていた。すなわち、泰山府君祭は長寿や健康を祈り、突き詰めれば人間の生死に働きかける秘儀だった。

それだけの大儀式、晴明といえどもよそでおいそれとできるものではない。しかるべき場所が必要だ。その場所とは、神仏の加護を頼める場所であり、都人たちが参詣《さんけい》できるところなら神社仏閣と呼ばれる。この世でありながら、この世を遥かに超えた偉大な力の及ぶ場所だった。

晴明の邸ならば十二天将たちが結界を張っている。

宗源壇、灑水壇、太極壇、興与壇の社壇が築かれた。

そのうえで、天地陰陽五行の祭式を行なう。千秋万歳《せんしゅうばんぜい》を祈禱し、祭文《さいもん》を唱えるとされていた。秘符、鎮札が数え切れないほどに用意され、捧《ささ》げられる。

智興と実資は祭壇の向こうに横になっていた。

実資は目を閉じて仰向けになっている。ときどき目を開けて、晴明や彼を補佐する六合の動きを見たり、証空たちの顔を見たりしたが、また目をつぶっていた。

最初は何とも落ち着かない気持ちだったが、やがて五体が大地に張り付いたような不思議な感覚を覚えた。目を開ければ青空が見えるのだが、目を閉じれば遥かなる天の川が見えるような気がする。手足は浮揚するようで、空に吸い込まれるような、同時にじんわりと何かに包まれていくような心持ちがした。

祭が始まる。

「陰陽師・安倍晴明、泰山府君の神に謹《つつし》んで申し上げる――」

晴明の声とともに、実資の身体にかかる空気が変わった。何もないはずなのに厚みがあり、温かく、神々しい。目を開けてはいけない、何か自分の頭では計り知れない神の力を感じた。

儀式が進む。

それは同時に、実資にとって自らの死が近づいてくることを意味していた。

けれども、不思議と恐怖は感じない。

それどころか安らぎを感じる。

この世の憂い煩《わずら》いがすべて消え去っていき、肉体の縛りをも捨てて、魂だけになったような境地にいた。

晴明の声が耳朶《じだ》にやさしい。

「……禍福を科定して寿命を増減す。仍て之を敬う者は福祚を得、之に帰する者は寿命を保つなり」

閉じたまぶたの向こうに、強烈な白い光が視《み》えた。

どのくらいそうしていただろう。

頰に当たる日の熱さで目を覚ました。

青空が目に飛び込んでくる。

「俺は……死んだのか」

すると、視界に見知った晴明の顔が現れた。

「いや。生きている」

「晴明っ」と実資は飛び起きた。「生きている？　どういうことだ」

「生きているとは、まだ現世にいるということだ」

思わず安堵したが、重大なことに気づく。

「では儀式は？　儀式は失敗だったのか」

晴明は涼しげな顔に微笑《ほほえ》みを浮かべた。

「見てみろ」

と、実資の手を取ってくれた。立ち上がって晴明の視線の先を見ると、邸の母屋に智興が座っていた。周りには証空たち弟子がいて、深い感謝と感動のまなざしでこちらを見ていた。

「藤原実資どの。話は弟子たちから聞きました。本当にありがとう」

張りのある声だ。老僧が頭を下げると、弟子たちもそれにならう。

「いや、俺はただ寝てただけだし……」

生きていたのだとしたら、自分はすっかり眠りこけてしまったことになる。

とうとう晴明が吹き出した。

「ははは。自分の命をかけて智興さまの命を甦《よみがえ》らせておきながら、その言い方はないだろう？　もう少し自分を高く持ってもいいのだぞ」

晴明とともに母屋に上がると、六合が白湯《さゆ》を出してくれる。

白湯を口に含んだ。その温かさが力強く胃に落ちていく。

「まあ、自分が死ぬとかいまも生きてるとか、ずっと夢みたいでふわふわしているのだが」

晴明も座って白湯を啜って、

「運がよかったとしか言いようがない。泰山府君祭で祈る内容にもよるが、今回のような死に臨していた人間の寿命を延ばすにはそれなりの代価が必要とされる」

「それが、別の者の命、だったのだろ？」

「ところが、今回、泰山府君の神はそれを求めなかった。なぜだと思う？」

実資は腕を組んだ。

「俺のような日記書きに、神の御心《みこころ》はわからぬ」

「私にもわからぬ。ただ、思い当たるところがあるとすれば、おぬしがまったく利害関係のない智興さまに、『都の人たちを救ってほしい』という一念で、自らの命を投げだそうとした。その自己犠牲の心に神が涙されたのかもしれぬ」

その言葉に、実資の頰が熱くなった。

「そんな立派なことをした覚えはない」

「ふふ。そんなふうな無執着の心が大切だったのだろう」

「いやいや。俺がその役を引き受けなくても証空どのが身代わり役をされようとしていたではないか」

「おそらく、証空どのでも師への無償の念《おも》いが、同様の結果をもたらしたかもしれんな」

晴明が微笑みかけると証空が頭まで真っ赤にして恐縮している。

智興が居住まいを正した。

「晴明どの。此度《こたび》はまことにありがとうございました」

「とんでもないことです。証空どのや実資の献身の念いがあったればこそです」

「法施利他の人助けの間に死ねれば本望と思っていましたが、このような形で生きながらえたとなれば、ますますその誓願を強くしたいと思っています」

「智興さまの精進の姿に頭が下がります」

「都の奇病の調伏《ちょうぶく》に再び赴《おもむ》きましょう」

と、智興は断言する。

「お師匠さま」と、弟子たちが気遣わしげな様子を見せたが、当の智興は呵々大笑《かかたいしょう》した。

これには実資も晴明と苦笑を交わすしかない。

そこでふと、智興が声を低くした。

「いま都を襲っている奇病ですが、やはり何事も始まりがあるはずです。始まりがないなら終わりがない。されども、始まりがあるならば終わりがある。そして始まりの種を除いてやれば、芽吹くことも果実が実ることもない」

「はい」

「その始まりをどうにかして突き止められれば、おそらく病を押さえ込めましょう」

しばらくして智興たちは邸をあとにした。今日のところはいったん寺に戻り、明日から再び都の奇病対策に奔走するという。

日は大分傾いている。

それでは、と笑顔を見せて門を出て行く老僧の背中が輝いて見えた。


翌日も実資は晴明とともに都の奇病の患者を回っていた。

「――この童《わらわ》はもう大丈夫。今日一日ゆっくり休めば元気になる」

藤原家の元服前の童の病を祓うと、晴明は立ち上がった。

風がさやさやと吹いて頬を撫でている。

実資はあとを追った。さっきからそればかりだ。門のところでやっと追いついた。晴明は外にいる騰蛇と何か話をしている。

「これからどうするのだ」と実資が質問すると、次の病人のところへ向かうと言うではないか。

「それではいたちごっこではないか」

「病人が出ればそれを片っ端から直していくのが医者だろう」

実資は右手で顎を支えるようにして考え、こんなことを口にした。

「晴明。普通、生霊などであれば、おぬしが祓ったあとは生霊を放った当人のところへ戻っていくのだよな？」

「そうだ。だからこそ、強い呪いのような凶悪な念の場合、放った当人に戻って当人を滅ぼす」

すると実資は、素人考えではあるのだがと前置きして、こんなことを言った。

「そのやり方で、病の大本まで戻れないだろうか」

「……どういう意味だ？」

晴明の目が細く、鋭い光を帯びる。

実資は怯《ひる》んだ。

「ほら、昨日、智興さまがおっしゃっていたではないか。ただの風邪ならそこいら中にいそうなものだが、これは明らかに奇病なんだろ？　だったら、最初にかかったひとりにまでさかのぼり、奇病を生じせしめた原因なり関与しているあやしのものなりを潰《つぶ》せないかなと思って」

ふむ、と言ったきり、晴明が険しい顔つきで動かなくなる。話しかけづらい。変なことを言ってしまったようだ。

「すまん、晴明。素人の浅知恵だ」

忘れてくれ、と実資が言おうとしたときである。晴明がにやりと笑って実資の狩衣《かりぎぬ》の両肩に手を置いた。

「おもしろいぞ、実資。やってみる価値はあるかもしれぬ」

「本当か？」

「病を癒し、平定しながら、奇病の源まで同時にたどり着く、か」

そのときだった。

『またそのような厄介そうなことを勝手に決めよって』

と道満の声が上からする。ぎょっとなって見上げれば、つやつやと濡《ぬ》れたような黒羽の烏が門の上に止まっていた。

声はその烏からだった。

「道満も、烏になったのか」

烏が不機嫌そうに鳴いた。

『何を言っているのだ。この烏がわが式よ』

晴明はにこやかに烏に呼びかける。

「ちょうどよいところに来てくださいました」

『そうでもないように思うが』

「ということは、話を聞いていらっしゃいましたね？」

『聞くとはなしに。心ならずも。不本意ながら、な』

「では、話を進めましょう」

それから晴明と道満がこれからの作戦を話し始めた。門外漢の実資にはわからない話がほとんどだったが、単純に鬼祓いや病気平癒の呪をなすのではなく、呪詛《じゅそ》返しを中心とした呪で病を撃退しようというような内容だった。

『呪詛返しでは治らん場合もあるかもしれんぞ』

道満の言葉は実資にも、もっともに聞こえる。だが、晴明は涼しげに微笑んで、

「何をおっしゃいますか。道満どのほどの陰陽師の本気の呪であれば、呪詛返しの力で病まで吹っ飛ばしてしまいましょう」

『……口巧者な男よ』

烏が羽をばたつかせながら何度か鳴いた。

「そんなにすごいのか。道満どのの呪は……」

実資が呆然《ぼうぜん》としたようにつぶやくと、烏は一声、大きく鳴いた。

『……こやつ、晴明が仕込んだのか』

「実資のことですか。まさか。実資は実資としてほしいままに振る舞っているだけです」

『そういう輩《やから》がいちばん厄介なのよ』

実資は訳が分からず、晴明と烏を見比べていた。

ほどなくして、道満の烏が都の空へ消えていった。


その翌日のこと。

右京の端の方にある、半ば崩れかけた土塀の小さな邸のまえに、晴明と実資、さらに道満はいた。

天を突くように枝が伸びた柑子《こうじ》の木が、独特の風情《ふぜい》を添えている。

「こういうところに思いも寄らぬ美女がいる、と色好みの男ならいそいそと食指を動かすのだろうが」

と実資が檜扇を軽く開いて口元を隠している。

「くく。若いのう、おぬしは。たしかに、よい女がいるかもしれぬぞ」

道満が笑うが、実資は小さく首を振るばかりだった。それもそのはずで、いま彼ら三人の目のまえには小鬼たちが列をなしてその邸に入っていっているのだ。

「呪詛返しの呪を使い続けたおかげで、奇病の大本へ小鬼たちが戻っていっているのだが」と晴明は門の前でゆっくりと周りを見回した。

「ここ、人は住んでいるのかな」と実資がこわごわと尋ねる。

「さあ」と晴明は道満に視線を送った。

「この辺りはわしの見回り範囲じゃったな」

と老爺が髭をしごく。

「どんな人が住んでるのですか」

「女がひとり。生まれたばかりの赤子を抱えて住んでおる」

「家人は？」

と尋ねつつ、実資は飛び上がるようにして土塀の崩れたところから中を見ようとしていた。

「さて、そこまでは知らぬ」と道満。

渋い表情で実資が晴明を振り返る。晴明はきめ細かな肌の頬を撫でながら、「妙だな」とつぶやいた。

「何が妙なのだ」

「なぜ小鬼どもがここへ入っていくのだ」

「それは……そういうふうに小鬼どもを呪でけしかけたのだろ？」

晴明は厳しい表情を崩さない。

三人は名乗って門を叩《たた》いた。それに応《こた》えて中年の男が出てくる。門番はいたらしい。近頃流行の奇病の件でと晴明が言うと、驚くほどすんなり通してくれた。

その間も、小鬼たちは歌い踊りながら邸の奥へと入っている。

簀子《すのこ》はどこか暗く、格子には割れているところもあった。邸に入って見る庭は外から見るよりも遥かに荒れていた。人手が足りないようだ。

風が吹くと音を立てて邸に吹き込んでいた。

母屋は几帳《きちょう》で区切られている。その向こうから乳児の声とそれをあやす女の声がした。この邸にいる姫らしかった。

実資たちが入ると、乳児が泣き出す。

「あ、すまぬ」と実資が頭を下げた。

低めでありながら儚《はかな》げな女の声が答える。

「いえ、お見苦しいところをお見せしているのはこちらのほう。ご覧の通りのありさまで、乳母もなく、私が子を育てているものですから」

すると、女は静かに歌い始めた。

――けものか、人か、はたまた鬼か。

――だましだまされ、裏切り裏切られる。

――紅蓮《ぐれん》の炎に燃えるは、われかぬしか。

小鬼たちの歌を女が口ずさんでいる。女の歌を聴きながら、乳児は泣き止《や》んで静かになった。まさか、死んでしまったのではないかと実資が不安になる。

「ようやく寝つきました」と女が、実資の疑念を打ち消すように言った。

小鬼たちは嬉々《きき》として几帳の中へ入っていく。

実資が同行したふたりの陰陽師を見やると、晴明はいつもの怜悧な顔立ちで、道満は胡《う》乱《ろん》な表情で、女の声を聞いていた。沈黙が重たくてかなわない。実資が咳払《せきばら》いをすると晴明はいつぞやのように狩衣の両袖を合わせて呼びかけた。

「突然の訪問、お詫び申し上げます」

「何もないところでございます。誰かが訪ねてくださるのは、うれしいものです」

「早速で恐縮ですが、都で流行っている奇病についてはご存じですか」

几帳の向こうで女が首をかしげるような気配がする。

「さて……。ご覧の通りさみしく取り残された邸です。病のほうもこのようなところは素通りしていくのではありますまいか」

「そうあってくれるといいのじゃがな」と道満が口をへの字にしていた。「さてもさても、奇妙な子守歌じゃな」

敵意をむき出しにしたような言葉遣いに、実資は少し嫌な気持ちがする。けれども、女のほうはそんなことを意に介さないか、まるで無頓着なのか、いままで通りの声色で続けた。

「この歌は私が小さい頃に母から教わったものです。血は争えないもの。私の娘もこの歌を歌ってやるとよく眠るのですよ」

しかしその歌は、と実資が言いかけたところ、晴明が小さく舌打ちして黙らせてきた。

「乳児は娘であられましたか。さぞかしかわいがっておられるのでしょう」

実資にはもうひとつ大きな疑問があった。

あの子の父親は誰なのか……。

すると、女は再び実資の心中を見透かしたかのように、

「――けれども、娘が生まれたというのに、この子の父親は一度も足を運んではくれません」

まるで式のようにこちらの疑問に先回りしてくるのはありがたいが、内容が内容である。

聞いていて胸が痛んだ。

「それは……さぞおつらいことでしょう」

道満は黙っている。晴明は両袖を合わせたまま、

「邸もかなり荒れてしまっていて、ご不安なことでしょう」

「恐れ入ります」と言う女の声にかすかに洟を啜るような音が混じった。

「よろしければ、その子の父親の名をお聞かせいただいてもよろしいでしょうか」

晴明、と実資が彼の膝を揺する。しかし、晴明は涼しげな目つきでじっと几帳を見つめていた。道満は黙っているが、半ばにらむような目で几帳を眺めている。

「言いたくなければ黙っていてもいいのです。つらいことは誰にでもある。この連中は、ちと普通の人間の感じ方に欠けるところがあるのです」

「小僧、黙っておれ」と道満が小さく言う。「人間の感じ方云々《うんぬん》などぬかすな」

「あなたが相手のことをお考えなのはわかります。ここだけの話にしましょう」

と晴明が静かに語りかけた。

几帳の向こうからしめやかな声が流れ出す。

「藤原頼秀《よりひで》どのでございます。それはそれは胸のすくような立派なお方で」

晴明と実資がちらりと視線を交わした。頼秀といえばかの典侍《ないしのすけ》の父であり、先日亡くなっていた。女が抱いている子がいつ生まれたか定かではないが、もしかしたら子が生まれ

たときには彼は亡くなっていたかもしれない。

きっと頼秀にはふらりと立ち寄っただけの、ほんの薄い契《ちぎ》りだったのではないか。けれども、女のほうではただただ頼秀だけを頼みにしていたに違いない。ぼろぼろの邸に住んでいたのも、彼の帰りを待ってのことだったはず。

いずれにしても、頼秀の死を知ったら、彼女はどれほど落胆するだろう。実資がしんみりした気持ちになっていると、不意に晴明が彼の肩を叩いた。

実資、と呼びかけられ、晴明のほうを向いたときである。

「頼秀ならもう死んだぞ」

と、道満が低いしゃがれ声で几帳の向こうにぶつけた。実資がぎょっとなる。

「道満どの！」

どうしてこう人の心がわからないのか、と難詰しようとしたときだった。

「死んだ……」女の声が呆然とつぶやく。

刹那《せつな》、暴風が几帳の向こうから吹いた。布が裂《さ》け、木が折れ、几帳が倒れる。恐ろしさにのけぞる実資のまえに、几帳の向こうにいた女の姿が露わになった。

古い、やや色あせた紅の唐衣《からぎぬ》をまとった女が立ち尽くしている。

髪は黒く、つややかで、白い手をしていた。胸元に乳児を抱いている。

しかし、その顔は――女も子も、狐《きつね》の顔をしていた。

「死んだ。頼秀が死んだ……？　ひどい裏切りだ。私が殺そうと思っていたのに」

足下には無数の小鬼が集《つど》い、歌って踊っている。

「うわああ」と思わず実資が後ずさる。「これはいったい。小鬼を率いているのか」

「落ち着け、実資」と晴明が彼を支えた。

道満が鼻を鳴らす。

「ふん。だから最初から人間の感じ方云々などとぬかすなと言っておるのじゃ」

「では、おぬしははじめから……？」

答えたのは晴明だった。

「あれだけの小鬼がこの邸に集まっていく。あやつらは奇病の正体。あれだけ集まれば、すぐ死なずとも、高熱で倒れるくらいはするものさ」

しかしこの女は平然としていた。子のほうが熱を出していたかもしれないが、そうであれば女の動揺でわかるというものだった。

「頼秀。頼秀。頼秀。あな口惜《くちお》しや。必ず契りてその身を喰《く》らい、われのものにしてくれようと願をかけていたのに。われが殺そうと思っていたのに」

実資の背中から頬までが恐怖に粟立《あわだ》つ。

「こ、こやつはあやしのものなのか。それとも人なのか」

「われは人ぞ。人にして狐ぞ。そして神ぞ」

女が狐の口を大きく開けた。笑っているようだ。

「ふむ。頼秀を慕うあまり、想《おも》いをこじらせて魔となったか」

晴明が右手を袖から出す。刀印を結んでいた。

「人であったならすでに畜生道に堕《お》ちている。狐であったならすでに化けておる。こんな病を企てるとは神は神でも祟《たた》り神だろうが、祟り神であったならわれらは一日で殺されている。よってこやつは祟り神ですらなく、ただの化け物よ」

と道満が唾棄《だき》するように言い放つ。

「わが恨みと呪いと憎しみと愛が頼秀を包み、同じ歌を歌い、同じ踊りを踊り、命を奪うはずであったのに――邪魔をしたのはおまえたちか」

狐女がまなじりを決した。

「違う。われわれではない。彼は病で亡くなったのだ」

と実資が弁明するが、狐女は口を大きく開いて威嚇《いかく》している。よだれが幾筋も垂れていた。大きな狐の尻尾《しっぽ》が彼女の背中に出現し、ゆらゆらと揺れている。

「女よ。おぬしがいかなる経緯《いきさつ》でいかなる恨みを持つに至ったかは、私にはわからない。ただ、それだけ思い詰めるにはつらいことがあったのだろう」

しみじみと晴明が言うと、狐女の覇気がやや落ちた。

「ああ。つらい。かなしい。さみしい。つらいつらいつらい――」

晴明が秀麗な顔に哀憐《あいれん》の情をにじませながら対話をしようとしたときである。

「まどろっこしいわ。どけ、晴明ッ」道満が彼を押しのけて前へ出た。刀印にした右手を縦横に複雑に走らせる。「臨・兵・闘・者・皆・陣・列・在・前――ッ」

道満の九字によって格子状の九本の光が出現する。

鬼、と唱えながら刀印を向かって右上から左下へ袈裟《けさ》懸《が》けにした。

閃光《せんこう》――。

うわ、とうめいて、実資は目をかばう。

視界のすべてが真っ白になっていく間際、狐の鳴き声が聞こえたような気がした。

「おい。起きろ。小僧」と乱暴に揺すられて実資は目を覚ました。

道満が面倒くさそうにつま先で小突いている。

実資は飛び起きた。

「あ、あ……ああ?」

そばで晴明が苦笑しながらしゃがみ込んでいる。

「やれやれ。道満どのは何から何まで乱暴だ」

「何を言う。あんな有象無象の言葉に耳を傾けていたら、いつまでも終わらんぞ。そのうち、また小鬼どもがあふれ出して都に奇病が蔓延《まんえん》するのが関の山じゃ」

実資が周りを見る。やや西に傾いた日差しが顔に熱い。

「ここは？　それに俺はいったい……？」

いま座り込んでいる場所は、雑草がまばらに生えている痩せた土の上である。

周りを見れば、向こうに崩れかけた土塀がある。

晴明が苦笑のまま実資の腕を取って立ち上がった。

「ここがあの狐女の邸さ」

「何だと」辺りを見回しても、建物らしいものは何もない。「あの土塀はさきほどの土塀か」

「そうだな。邸も、門番らしき男も、何もかもなかったのだよ」

「しかし、俺たちは三人とも、あの狐女に会ったよな？」

すると少し離れたところで道満が、地面を見ながら顎でしゃくった。

「あの母子ならここにおるわい」

実資が駆け寄ると、道満の足下に何かがある。よく見ようと前屈《まえかが》みになったが、すぐに袖を口元に当てた。

狐の親子が死んでいる。ほかの獣に食われたのか、身体のところどころが傷んでいた。

「これは、狐の死骸《しがい》か」

「ああ。親と子。さっきの狐女とその子の正体がこれじゃよ」

「死んだ狐が、人に化け、邸を見せ――奇病まで引き起こしたのか」

道満が鼻を鳴らした。

「ふん。おおかた、頼秀がいじめでもしたのじゃろう。それで祟った」

「……………」

「だが、肝心のあやつがもう死んでいる。呪だけがひとり歩きして奇病になったのじゃろう」

もうすぐ日が暮れようとしている。

宵の明星が強く光っていた。

実資はあらためてしゃがみ込むと、狐の親子の死骸に手を合わせる。南無阿弥陀仏《なむあみだぶつ》、と唱えて立ち上がると、晴明が肩を叩いた。

「道満どのはああおっしゃったが、私は別のことも考えている」

「別のこと?」

「頼秀どのはあの狐の親子の面倒を見てやったのではないかということさ」

「餌《えさ》をやったとか、かわいがってやったとか、そういうことか?」

晴明は袖を合わせて瞑目《めいもく》してから、続ける。

「あの狐の言葉は呪詛に満ちていた。だがところどころに、頼秀どのへの慕情のようなものが見え隠れしていたように思う」

「そう言われてみれば……」

同じ歌を歌い、同じ踊りを踊りたい。そこだけ取り出せば、うるわしい愛慕の願いに聞こえるだろう。

「おぬしはあの狐女を人扱いした。多少、彼女の機嫌を損ねてしまったときもあったようだが、それでも彼女にはうれしかったと思うぞ」

「本当か」

「でなければ、いくら道満どのといえど、たった一度の九字で都中を荒らした奇病を祓いきるのは難しい」

実資はほっと息をついた。「少しは役に立てたなら、うれしいよ」

明日にでもきちんと土に埋めてやろうと思う。

「ふん。晴明。いらぬことまでぺらぺらと。もう少し口数が少なくならんと、よい陰陽師にはなれぬぞ」

「ふふ。肝に銘じておきましょう」

道満が何か言いたげに晴明をにらむ。やがて、すっかり暗くなった東の空に顎を向けると、「天文は何を告げておる？」と残して、敷地を出ていった。

「晴明。道満どのは何を言っていたのだ？」

「さあな」

道満がいなくなって、さみしいこの場所がますますさみしくなった。

「そういえば、もともと俺の生き死にに関《かか》わる何かということでおぬしと行動を共にするようになったのだが、いまも俺はあぶない状況なのか」

「変にじたばたすればあやうかろう。しかし、今日のようにおぬしがおぬしとしての真心のままに振る舞っていれば、あやしのものども、もののけどもとは気持ちが通じ合わない。むしろ鏡のように跳ね返っていくだろう」

「そうなのか」と実資が安心したように微笑んだ。褒められたように感じたのだ。「日が落ちて冷えてきた。晴明、そろそろ帰らないか」

実資が首を引っ込めるようにしながら敷地から出ていく。

晴明に褒められたと思って気分が高揚していた実資は、うっかり聞き漏らしていた。

「いよいよ天が動くか」とつぶやいた、晴明の声を。

第五章　消えた帝と京の闇

都の奇病が鎮まって五日が経《た》った。

この間、晴明《せいめい》は陰陽寮《おんようりょう》や内裏《だいり》への説明で忙しくしていた。

実資《さねすけ》もまた、晴明の「証人」として陰陽寮で話をしたり、内裏で左右の大臣たちに事情を話したりしている。実資としては晴明という陰陽師《おんみょうじ》のさまざまな顔を日記に書きたいと願っていたから、楽しんでやっていた。

よって、相変わらず実資は晴明の邸《やしき》へ出入りしている。

「陰陽師というのは、やはり役人なのだな。あちこちに説明やら根回しやら文書の提出やら。目に見えないものを説明して回るのは大変だな」

「ふふ。官人陰陽師だからな。やれやれ。戻ってきたらもう日が暮れようとしている」

と、いつものように柱にもたれて晴明が外を眺めていた。

向こうからうまそうな匂《にお》いがしてきた。六合《りくごう》が膳《ぜん》を運んでいる。

「お疲れさまでございました。あり合わせのものですが、夕餉《ゆうげ》を支度しました。実資さまもどうぞ」

「あ、いや。俺は」

と遠慮しようとした実資の腹が鳴った。実資の顔が熱くなる。晴明が柱から背を離した。

「実資。一緒に食べよう。六合の作る食事はなかなかだぞ」

「しかし……」

「腕はいいのだが式は飯を食わぬ。ひとりで食うのは味気ないものだ」

「そ、そうだろうが……」

と、実資がまだ悩んでいると、騰蛇《とうだ》が別の膳を持ってきた。

「酒もある。これなら文句ないだろ？」

そこまで言われては仕方がない。「有り難く頂戴《ちょうだい》しよう」

鴨川《かもがわ》でとれた川魚に塩を振って焼いたもの、塩でもんだ瓜《うり》、さっとゆでたわかめ。それに蕪《かぶ》の羹《あつもの》と白米を蒸した強飯《こわいい》だった。それに味付けのための塩、酢、酒、醬《ひしお》の四種器が添えられている。

この時代、一日二食が正式な食事だった。朝の食事といっても午前の勤務のあとその状態でずっと役所を歩き回っている。腹が減っていた。

いただきます、と両手を合わせて蕪の羹を啜《すす》る。温かさと塩味が沁《し》みた。強飯を口に入れ、嚙《か》みしめる。口を動かすたびに、強飯は柔らかくなり、甘みをもたらす。

焼き魚の身はふっくらとした白身でとろけるようだった。塩を振ってあるのに、むしろ甘い。ゆでたわかめは目にも鮮やかで、こりこりとよい歯ごたえがした。

「ああ……うまいな」

思わずつぶやいて、晴明の楽しげな表情と視線がぶつかる。

「それはよかった。六合、うまいそうだ」

「ふふ。よろしゅうございました」

また実資は顔が熱くなった。

晴明は酒を楽しみつつ、瓜をつまんでいた。

「この瓜は、酒にも合うぞ」

実資もやってみた。

瓜のさわやかさが酒をきりりと引き締める。

「うむ。よいな」

「よいだろう?」

六合が琴を弾《ひ》き、騰蛇が笛を吹いた。普段、ぶつかってばかりいるようなふたりだが、息の合った演奏をしてくれる。

実資と晴明は食べ、かつ飲んだ。

「ああ。書きたい」と実資が出し抜けに言った。

「どうしたのだ」

「おぬしの活躍を、表も裏も、こんな気の置けぬときも、ぜんぶ日記に書き留めてみたい。そうすればきっと陰陽師という巨大な存在がもっと身近になるのではないか」

晴明と六合が顔を見合わせた。

「だいぶ酔ったか」

「酔ってなどおらぬ」

「ふふ。酔った者ほどそう言うものよ。……陰陽師の正体は、神秘の向こうにあったほうがよい面もあるのだよ」

「ぜんぶわかったら、有り難みがないからか」

「はは。それもある。だがそれよりも恐ろしいのは、自分も陰陽師と同じことができそうだと安易に呪《しゅ》を唱えたり、儀式のまねごとをしたりすることだ」

目に見えない神や悪鬼の対応はそれほど簡単なことではない。悪鬼のほうでもわざわざ悪鬼だと名乗らないものだっている。むしろ神のふりをして出てきたり、神は神でも祟《たた》り神の場合もある。

もっとも恐ろしいのは、最初はまともな神仏の加護を受けていたのに、術者が慢心してしまい、神を名乗る悪鬼天魔にすり替わることである。

「そんなこともあるのか。でも天魔には気づくだろ」

「慢心していると気づかないのだよ。私も一度若い頃《ころ》にそれでやられて、賀茂《かも》家の方々に迷惑をおかけした」

「え⁉　晴明がか⁉」と実資が大声を出した。

六合が水を用意する。

「誰《だれ》しも同じ心の法則のもとに生きている。例外はない。それに天魔は天魔で力がある。小さな病魔程度なら怖がって逃げ出すからな。神仏の力で病気が治ったと勘違いする者が出ることもある」

「あー、俺はそのくちかもしれん」

「多少の同情の余地はあるがな。いちばん厄介なのは、聞いたこともない神を勝手にあがめる者だ。なんとかのミコトだとか、どこそこの土地の神とか。本当に神かどうかもわからぬのに声が聞こえたからと信じ続け、ほかの者たちにもその見解を伝えるようになる。挙げ句、正統の修行を積んだ陰陽師や密教僧のように振る舞って、自らへの賛同者を増やしていく」

「難しいものだな」と実資が水を啜る。「まっとうかどうかをわける違いはあるのか」

「謙虚に道を求める心があるか、だな。仏法や陰陽道の片言だけを自説として繰り返すだけで精進を拒む者はあやしい」

「精進か」

「釈迦大如来《しゃかだいにょらい》の教えだけで八万四千ある。陰陽道や天文道、暦道。詩歌に四書五経。世の中には学ぶべき智慧《ちえ》がごまんとある」

そういって、晴明は母屋《もや》の奥を顎《あご》で示した。さまざまな書物が山のように積まれている。

「学問が大事なのはどこでもそうなのだな」

「学問をしたことで頭でっかちになって素朴な信じる心をなくしても、やはり陰陽師にはなれぬ。心の透明さ、無私で無我な心であってこそ、神仏の光をいただくこともできる」

それらを日記にきちんと記せるかと、晴明がいたずら小僧のように笑った。

「うむ……難しいなぁ」

「だろう?」

「だが、難しいからこそ、日記にしてみたいものだ」

実資の目がとろんとなっている。

「だいぶ酒が進んだようだな。疲れも出たのだろう。今日は泊まっていくといい」

と言って、晴明は螣蛇に実資の寝る場所を作るように命じた。

——その夜、変事が起きたのである。


どれくらい寝ていたか。

実資、実資、と身を揺さぶられて目を覚ました。

「あ。もう朝か」

ところが周りは真っ暗である。

「朝ではない。それどころか最悪の真夜中やもしれぬ」

晴明が厳しい表情でそばにいた。ただならぬ気配に実資は酒の酔いも吹っ飛ぶ。

「何があったのだ」

「天の星々が告げている。――帝《みかど》が譲位されるやもしれぬ。いやもしかすると……」

「あなや」

実資が飛び起きる。

そのとき、土御門《つちみかど》大路を牛車《ぎっしゃ》が急ぐ音がした。

晴明が部屋の中空を見つめて言う。

「帝が譲位なさるやもしれぬ。直《ただ》ちに参内《さんだい》せねばならぬ。式よ、急ぎ参内して私が行くまで帝の譲位をお止め差し上げるのだ」

晴明が何度も柏手《かしわで》を打った。

御意、という騰蛇の声がした。姿は見えぬ。

夜闇《よやみ》に門がきしみながら開く音が響いた。

だが、晴明や実資が門を開けたわけではない。ひとりでに開いたのだ。

「晴明。これは――」

「姿を見せてはいないが、騰蛇が門を開けたのだ」

『ただいまの牛車、帝を奉っていた様子』と六合の声がする。

やはり姿は見えない。

「ああ」と晴明が天を仰いだ。「すでに譲位はなってしまったか」

「帝が、譲位なさった……？」

実資も呆然《ぼうぜん》とつぶやくしかなかった。

星々が瞬《またた》いている。鴨川の音の向こうに牛車の車輪が転じる音も混じっているようだった。実資はいまさらのように夜風に震えた。


夜が明けると、内裏を中心に大騒動となった。

内裏諸門が封鎖されていたのだ。

大勢の公家《くげ》が詰めかけ、門が開くと次の変事が明らかになった。

帝が行方不明なのだ。

正確には帝はいた。だが、昨日までの十九歳の帝――後の世に花山《かざん》帝と称される――が、いきなり七歳の幼い帝に変わっていたのだ。

やがて、藤原兼家《ふじわらのかねいえ》から帝は昨夜遅くに東宮へ譲位されたと発表があった。

すでに三種の神器は幼い帝の手にある。

「兼家。一体何をした。おぬしの子の道兼《みちかね》の姿も見えないが、どこへ行った」

大臣たちも大騒ぎだった。

「誰か事情を知っている者はいないのか」

「ひょっこり戻ってきた道兼は何も言わぬのか」

「それにしても、帝は誰にも相談せずにどこへ行かれたのだ」

「待て、その〝帝〟とはいったいどちらの帝を指しているのだ」

混乱の極みだった。

やがて、このところ参内していなかった権中納言《ごんちゅうなごん》藤原義懐《よしちか》と左中弁《さちゅうべん》藤原惟成《これしげ》という下り位の帝（花山帝）の忠臣の耳にも入った。

ふたりは方々を捜し、ついに山科《やましな》の元慶寺《がんぎょうじ》に下り位の帝を発見する。

すでに落飾し、出家していた。

ふたりを出迎えた下り位の帝は不思議そうな顔をしている。

「義懐。惟成。……道兼はまだなのか。父の兼家に話をして戻ってくると言っていたが」

兼家・道兼父子の目論見《もくろみ》通りに事が運んだのだと、忠臣ふたりは悟った。

義懐と惟成は、主についてその場で出家した。

それらのことを何とか聞き出し、実資は晴明を頼った。

当事者以外では、晴明がもっとも早く帝の変異に気づいたからである。

「こんなことがあっていいのか」と実資が憤慨した。

晴明はいつもにも増して平静な顔をして庭の緑の濃淡を楽しんでいる。

「起きてしまったことは仕方がないのだが、なぜそうなったか因果を知りたいものだな」

下り位の帝は、まだ若かった。十九歳の若さで世をはかなんで出家というのは、いかに藤原兼家・道兼父子の企みが入念でも難しいだろう。

六合が出した冷たい水で喉《のど》を潤した実資は、顔をしかめた。

「下り位の帝には后《きさき》が四人いた」

藤原忯子《しし》、藤原姚子《ちょうし》、藤原諟子《しし》、さらに先日入内した婉子《えんし》女王——女王の女御《にょうご》ゆえ王女御と称される——の四人である。

帝の后には序列がある。中宮が頂点であり、その下に女御、更衣が続く。中宮は原則としてひとりだが、女御以下には人数制限はない。

その四人のうち、下り位の帝はひとつ年下の忯子を寵愛《ちょうあい》した。偏愛したと言ってもいい。

もともと下り位の帝には変わった振る舞いの目立つところがあった。そのせいで「内劣りの外めでた」などと言われている。即位の儀において冠が重いと脱ぎ捨てたり、清涼殿《せいりょうでん》の壺庭《つぼにわ》で馬を乗り回そうとしたりしたのはまだかわいいほう。帝のみに許された高御座《たかみくら》に女官《にょかん》を引きずり込んで情事に及んだこともある。それも即位式の当日だった。

また、娍子は入内後、並々ならぬ寵を受けたが、ある日を境に完全に寵を失った。何があったかはわからない。だが、あまりの扱いの落差に居たたまれなくなり、一カ月ほどで退出した。

そのような気質の下り位の帝が愛した忯子は、子を身ごもったまま十七歳の若さでこの世を去った。

下り位の帝が悲嘆に暮れないわけはない。

「忯子の菩提《ぼだい》を弔うために出家したい」

と口にしたが、生来の気質を熟知していた義懐と惟成のふたりは関白も巻き込んで説得して翻意させた。

はずであった。

下り位の帝の若い胸の中にどのような想《おも》いがあったのかはわからない。もしかしたら、悲嘆に暮れる自らに陶酔する気持ちもあったのかもしれない。

いずれにせよ、その心中には忯子への想いがくすぶっていた。

それを藤原兼家たちが風を送って火をつけたのだった。

「なるほど」と、話を聞き終えた晴明の頬《ほお》に皮肉げな笑みが浮かぶ。

話をしていた実資は舌が回り始めたのか、止まらなくなった。

「畏《おそ》れ多い話ではあるが、帝の重責に耐えられぬお方だったのではないだろうか」

「ふふ。言うなぁ」

「そうではないか。絵や歌、建物の設計などで目を見張るようなところはあったと仄聞《そくぶん》しているが、あまりにも一方的な振る舞いの数々。女御さまが亡くなって悲しむのはわかるが、ほかの三人の女御さまのお立場やお気持ちはどうなる？　ましてや、王女御さまは入《じゅ》内《だい》してほんの半年だぞ」

ほとんど閨《ねや》をともにすることもなかったのではないかと思えるほどの短い期間であった。

「おぬし、王女御さまが気になるのか」

件《くだん》の典侍《ないしのすけ》のときからずっと、王女御との縁は切れることなく続いているようにも思える。

「気になるさ。……あ、この『気になる』はあくまでも臣下としてだな」

「それ以上のことは、私は何も言っていない」

実資は苦い薬を頑張ったような顔になって水を飲んだ。

「それはそうと。落飾あそばされた下り位の帝のお振る舞いはあらたまるだろうか」

「……実資。だいぶきわどいぞ」

晴明が檜扇《ひおうぎ》をもてあそびながら苦笑している。

「いや、私が十九歳で出家したとして、煩悩をいきなり断てるか、心許《こころもと》なくてな」

「正直でよいことだ。願わくは、下り位の帝にもその正直さがあってほしいものだ」

「出家したからといって、いきなり聖人君子、名僧高僧には変わらんよな」

「ふふ。まるで私のようなことを言うようになったではないか。易《やす》きにつく性根を変えていくために修行があるのだからな」

実際、下り位の帝の好色は出家後も止まらないのだが、それは別の話である。

「それにしても、驚天動地とはこのことだろうな」と実資がため息をついた。

晴明が檜扇をぴしりと閉じる。

「事の顚末《てんまつ》自体はわかった。天文の告げたこともこれだろう。道兼たちによる帝の落飾をお止めできなかったのは、いまなお断腸の思いが残る」

「たしかに。帝の人となりとは別に、少なくとも臣下の身でそこまで帝の行く末に関与してよいとは思えぬ。晴明。今回のことは吉なのか凶なのか」

と、実資が尋ねると晴明が頰をゆがめた。

「なかなか鋭い質問だ。これが吉となるか凶となるか、まだ変動の余地がある」

「何と」

「ここから先の影響がどうなるかによるからな」

するとと実資は目を床に落とした。しばらく考えていたようだが、顔を上げると、

「まえにおぬしは川下りのたとえをしてくれたよな」

運命、あるいは予知というものを川下りにたとえて説明したものだ。

「それで言えば、いまはまだ流れが急になって混乱している最中というところかな」

「あと、先の奇病のときには物事の最初に遡《さかのぼ》って原因を探すこともした」

「うむ。それによって以降の悪《あ》しき結果を止めることができた」

「では、晴明。此度《こたび》のことも、もう少し原因に遡ってみたらどうだろう。兼家たちが何を企み、何を願ってこのようなことをしたのかを知れば、以降の川下りのようすがになるのではないだろうか」

その言葉に、晴明は静かに笑みを収めて実資をじっと見つめた。

「ふむ。さすが藤原氏の一員だな」

「え？」

「よかろう。兼家どののところへ話を聞きに行ってみよう」

ふたりは立ち上がった。


藤原兼家の邸は来客が途切れることなく続いていた。

十九歳の帝の落飾は前代未聞の政局である。

その政局の中心にいるのは兼家父子だ。

新しい帝はまだ幼い。となればその帝を擁立するのに尽力した外戚の兼家父子の時代となると多くの公家は読む。下り位の帝の振る舞いに眉《まゆ》をひそめていた勢力にも、今度はそのような帝ではあるまいという期待もあった。

「ふふ。人々の思惑が、すでに呪のように兼家どのの邸を取り囲んでいるな」

と牛車から晴明が笑う。

兼家はでっぷりと太った体と豊かな頰をして、目を細めながら、晴明たちを出迎えた。

「これは、安倍《あべの》晴明どの。稀代《きだい》の陰陽師をお迎えするに何の支度もなく」

「いえいえ。私のほうでふらりと立ち寄ったまで」

晴明が静かに微笑《ほほえ》むと、兼家は実資に向き直った。

ずば抜けた美男ではないが、これまで長年政《まつりごと》をこなしてきた自信と胆力と経験の厚みが風格となって見目形を飾っていた。さらにいまは現実の権力が加わろうとしている。正しく自らを御せればよい為政者になれる素質は高いように見えた。

もっとも、ここしばらくの騒動による疲労の色は隠せないようで、何度か目をこすっていた。

「藤原実資どのまで。晴明どのとご一緒なのは驚きました」

「ええ。ちょっとした縁で」

「やはり日記之家《にっきのいえ》の方としては何があったのか気になるというところですかな」

目元に軽い恫喝《どうかつ》を含みながら、兼家が笑っている。

すでに先手を打ってきているのだ。

ここで、いいえと否定すれば相手はもうこの話をしないかもしれない。

だが、はいと答えてしまえば相手の手の内にはまってしまうようにも思う。

どちらに答えるべきかと実資は窮する。

さすが、藤原家のなかでも権力争いでしのぎを削っている男は違うなと、実資は舌を巻いた。

ましてや帝の強引な落飾から数日しか経っていない。東宮践祚の翌日には摂政となったものの、この落飾を既成事実化して皆にのみ込ませられるか、あるいは政敵に謀反人《むほんにん》として葬り去られるか、兼家にとってはいまが正念場である。

「まるで抜き身の太刀を握ったままのようですな」

と晴明が声をかけた。

「何とな?」と兼家が意表を突かれたように眉間《みけん》にしわを寄せる。

「これだけの大きな政変を乗り切ろうとされている。陰陽師の目には髪を振り乱し、八方をにらみ、抜き身の太刀を振るっているように見えます」

「ふむ。そのように見えるか。ま、息子の道兼は内裏で奮闘しているだろうが」

と兼家が脇息《きょうそく》にもたれた。

兼家さま、と実資が喉を励まして声を発する。

「すでに起こってしまったことについて、どうこうという気持ちは私にはありません。ただ、おっしゃられたとおり、日記之家の人間としていったい何があったのかは知っておきたいのです」

兼家が庭を眺めた。

数々の灌木《かんぼく》が植えられ、緑に変化があって楽しい。その濃淡は眩《まぶ》しいほどなのに、兼家の表情はいつ降ってきてもおかしくないほどの曇天のようである。

曇り空から雨粒がぽつりぽつりと降り出すように兼家が低くしゃべり出す。

「臣下たる身が帝をご落飾へ誘《いざな》う。それも謀《はかりごと》をもって。許されざる大罪だ。それはわしとてわかっておる」

「…………」

「だが、あのお方が果たして帝として徳高きお方であったか」

「兼家さま……」

「后たちだけでは飽きたらず、隙《すき》あらば女官どもに手を出そうとし、女官の中にもかえってそれを誇るような者も出る始末。かと思えば、ひとりの女御を溺愛《できあい》し、その死に嘆き悲しんではほかの女御たちを冷たくあしらう。政は二の次。内裏は帝の乱行のためにあるのか。日記之家の実資よ、頭中将《とうのちゆうじよう》の実資よ、教えてくれ。かようなことは許されるのか」

苦悶《くもん》の表情で兼家が問うてきた。まるで不治の病の子を持った親が医者にすがるように。

同時にそれは、兼家が下り位の帝に抱いていた感情を代弁してもいた。

「そのようなことのために律令や内裏があるわけではありません」

と実資は答えたが、決して心が晴れるわけではない。臣下の末席の分際で帝に不適の烙《らく》印《いん》を押そうというのだ。苦しく、つらく、悲しく、切ない。

いまさらのように、実資自身も頭中将として帝のそばにいた責任も感じた。

そうであろう、と兼家が右手で顔を覆う。

その苦しげな様子を見ながら、これが本心なのかと、むしろ兼家にささやかな感動を覚えた。兼家の中には権勢を振るいたいという欲がなかったとは思わないし、そこまで否定しなくていいと思う。ただ、自分のなすことの恐ろしさに震えながら、それでも帝の落飾を断行した裏には彼なりの帝への忠義の表れだったように思えた。

「かくなる上は、帝にその座を退いていただくしかない。まさかこれまでの乱行を断罪して処罰などできない。われら政に携わる者たちは帝のそばでその乱行を見ているが、何も知らぬ庶民や地方の民は純朴に帝のご威光をあがめている。彼らの心を傷つけるわけにはいかぬ。だから、せめて内裏からお下がりいただくことだけを願ったのだ」

「そのようなお考えだったのですか」

右手を顔から外した兼家が実資を見据えて、頬をゆがめる。

「だが、いま語ったのはわしの一方的な言葉。自分を飾る想いが入っているやもしれぬ。せめて諸々《もろもろ》の日記にはよく書かれたいという姑息《こそく》な欲望がな。これほどの大罪、きっとわしは地獄に堕《お》ちるだろうから」

せめて少しでも地獄の釜《かま》の熱さがぬるくなってほしいと、兼家は乾いた笑いを見せる。

「兼家さま……」どういう言葉をかけるべきか、実資は迷った。迷いながら、とにかくしゃべった。「これまでたくさんのことを日記に書いてきました。父祖たちの日記も読んできました。それでわかったのは、生まれながらの善人も悪人もいないということです」

「………」

「同じように、一生を通じて完璧《かんぺき》な善人も、一生のすべてが悪に染まりきっていた悪人もいなかった。兼家さま、どうか一事で自らの後生をお決めになりますな。御仏《みほとけ》でさえその人が息を引き取るまで極楽か地獄かの裁きを待っているのですから」

無礼だったかもしれない。言い過ぎたかもしれない。だが、兼家は脇息にもたれたまま、黙って自分より遥《はる》かに年下の実資を見つめていた。怒ったような表情ながら、その日が赤くなっている……。

晴明が言った。

「御仏は王族の帰依《きえ》も受け、その身分について敬意を払ってはいましたが、その教えでは別のことも説いています。生まれによって身分が決まるのではない。その身分にふさわしい思いと行いによってその身分になるのだ、と」

兼家が目を閉じた。目尻《めじり》から涙が一筋流れる。目を開いた兼家は、軽く上を仰ぐようにして重く息をついた。

「ああ。まさか陰陽師の晴明どのの口から御仏の教えを聞くとは」

「出過ぎた真似《まね》をしました」

「いや、とんでもない。おかげでこの兼家、多少ながら安堵《あんど》した」

そう言う兼家の体は一回り小さくなったように見えた。

「少しでもお役に立てたなら、うれしいことです」

「ふふ。わしと道兼が帝の在り方について悩んでいたときにも、ある僧侶《そうりょ》が相談に乗ってくれたものだ」

実資と晴明は顔を見合わせる。

初耳だった。巷間《こうかん》出回っている話では、「藤原兼家・道兼父子が帝を落飾せしめた」というだけで、ほかに登場人物はいない。

だが、考えてみれば出家するには出家させる僧がいなければいけない。どこかで僧侶が関与しなければ成り立たないはずだ。

「どうやら事情を聞かねばならぬ相手が増えたようだな」

と晴明が実資だけに聞こえるようにつぶやく。実資が頷《うなず》いて兼家に尋ねた。

「兼家さま。相談された僧侶とは、下り位の帝のいます元慶寺の方ですか」

すると彼は即座に「違う」と首を横に振った。

「元慶寺に話をつけてくれた老僧で、別の寺の者だ」

「左様でございましたか」

「密教の法力にすぐれた老僧で、先の奇病でも活躍したと言っていた。はて。名は何と言ったかな……」

兼家の言葉にどきりとする。

「まさか、智興《ちこう》という名では」

あの僧なら衆生救済《しゅじょうきゅうさい》の情熱から余人の及ばぬ行動力を示してもおかしくなかった。だが、帝の落飾などという、きわめて微妙で、それでいて多くの人の思惑が入り乱れる生臭い事案に自ら首を突っ込むだろうかという思いもある。

果たして兼家は「それも違う」と断言した。

実資はほっとしたがまだ気は抜けない。智興の年かさの弟子ということもある。実資が晴明を振り返ると、目をやや細めて小さく開いた檜扇を口元に当てながら質問してきた。

「その僧について、何か覚えていることはありませんか」

「いやいや、覚えているのだ。覚えているのだが……名が出てこない。うん？　いや、そんな老僧、いたのだろうか」

「兼家どの？」

「われらの相談に乗り、元慶寺にわたりをつけてくれた老僧がいたはずなのだが……すまぬ。考えれば考えるほど、そんな人物がいたのかさえ疑わしくなってきた」

これではもう引退だな、と自嘲《じちょう》している兼家を晴明が厳しく見つめている。

「わかりました。最後にひとつだけ。播磨国《はりまのくに》とご縁はありませんか」

晴明の妙な問いに実資が小首をかしげる。

兼家は不思議そうな顔で答えた。

「息子の道兼が年の初め頃《ころ》に播磨国に出かけていたな。知人に会いに行くと言っていた。それがどうかしたのか」

晴明は丁寧に礼を述べると、実資を伴って邸をあとにした。


実資は牛車に乗り込むと、晴明に最後の質問の真意を尋ねた。

あれか、と晴明が苦笑している。

「まだはっきりはしていないが、私にも播磨国の知り合いがいてな」

「ほう」

「先の奇病でもご活躍だった」

実資は目を丸くした。

「そんな人物がいたのか。何という僧だ」

牛車が動き出す。晴明が人の悪い笑みを浮かべた。

「おぬしも会ったことがあるはずだぞ。あのときは童《わらわ》をふたり連れていたな。ふふ」

実資はさっと血の気が引いた。「……蘆屋《あしや》道満《どうまん》か」

「播磨国で気づくかと思ったのだがな」

「道満が帝の落飾に一枚嚙《か》んでいたというのか」

「あくまでも推測だがな。けれども、兼家どのが問題の老僧の名を忘れているのも、道満の呪ならば可能だろうし、何よりも奇病で活躍したとなれば」

「たしかに道満は奇病のときに活躍していた。だが、そうなると腑《ふ》に落ちぬことがある」

と実資が眉をひそめる。

「何かね」

「兼家さまの記憶から自分の名を消せるような呪をあえてかけておきながら、なぜ播磨国のことは忘れさせなかったのだ？」

すると晴明は至極当然とばかりに答えた。

「道満のやっていることはただの嫌がらせのように見えるかもしれないが、一貫しているように私には思える」

「俺にはさっぱりだが……」

晴明は大きく息を吐きながら言った。

「彼は試しているのだよ」

「試す？　それは晴明のことか」

「おぬしのことかもしれんし――人の世、そのものかもしれん」

道満という得体の知れぬ男の得体の知れぬ考えに思いを馳《は》せようとして、実資はやめた。

自らすすんで闇の中をひとり歩きするような怖さがある。

それよりも今日は別の用件があった。

実資は、牛車の横にいる騰蛇に物見から話しかけた。

「すまない。これから内裏へ行かねばならぬ。途中で悪いが下ろしてくれ」

承知した、と騰蛇が牛車を停《と》めようとする。晴明が事情を尋ねてきた。

実資は頭をかいている。

「例の典侍どのから王女御さまの様子を見にきてほしいと頼まれていて」と実資が答えると、晴明は少し視線をさまよわせたのち、「私も一緒に行こう」と言い出した。

実資は少し悩んだ。典侍から頼まれたのは自分だけである。ここは自分ひとりで行くのが筋のように思った。一方で、晴明が同行してくれれば助かるのも事実だった。何しろ相手は王女御。落飾したとはいえ、帝の女御だった人物に会うのである。自分ひとりだけであった場合、あらぬ噂《うわさ》が立たないとも限らない。ただでさえ、帝周りは騒がしいのだ。

騰蛇は御者に命じて、晴明の牛車を内裏へ向けた。


都の北辺には宮城である大内裏がある。

これが平安宮と呼ばれるものだった。

この大内裏の中央やや東寄りに内裏がある。

内裏は帝が政を行う場所であり、同時に生活空間でもあった。后たちのいる後宮はこの内裏の中に含まれる七殿五舎である。

なお、内裏の南を守る建礼門《けんれいもん》に面するように中務省《なかつかさしょう》があり、中務省に隣接して陰陽寮。その位置関係からもわかるように、陰陽師たちは「内裏を護《まも》る者」たちでもあった。

昨今の情勢から後宮に出向くのは何となく憚《はばか》られた実資が婉子と会ったのは、内裏中央部の西にある後涼殿《こうりょうでん》である。

後涼殿は、その東の清涼殿が帝の生活の場でもあったため生活の匂《にお》いが濃いのもあるが、ときとして后たちに本来の殿舎とは別に局《つぼね》を与えられる場所でもあったからだ。

実資と晴明がしばらく待っていると数人の女房がやってくる。みな、女が使う衵扇《あこめおうぎ》で顔を隠していた。重々しい唐衣《からぎぬ》を着ている。後宮の女房たちだろう。この時代、肉親かよほど親しい間柄でなければ裳着《もぎ》を済ませた女が素顔を見せることはない。王女御付きの女房たちのようだった。

そのあとから几帳《きちょう》の向こうに誰かが入る音がした。婉子だろう。

実資たちが挨拶《あいさつ》の言葉を述べて平伏すると、清げな女性の声がした。

「遠くから蹴鞠《けまり》するお姿を見たことはありますが、こうしてお話しするのは初めてですね」

まだ十五歳。実資のちょうど半分の年齢である。声に若さがみなぎっているはずなのだが、どこか儚《はかな》かった。

「このたびは帝の急なご落飾、さぞやお悲しみのことと推察いたします」

と実資はもう一度頭を下げたが、この局の寒々しさはどうだろう。調度品やしつらえは王女御が使って恥ずかしくないように調えてあったが、付き添いの女房の少なさはどうだ。すでに内裏では帝の代替わりが終わり、婉子も〝先王女御〟となっているようだった。

「諸行無常は世の理《ことわり》。これればかりは私たち人間にはどうしようもないことです」

声だけしか聞こえぬが、気落ちしている様子なのは手に取るようである。

「お風邪《かぜ》などお召しになっていませんか」

「噂ではあやしげな奇病が流行《はや》ったと聞いていますが、陰陽師や密教僧のみなさまのおかげで何事もなく過ごせました」

「陰陽寮がお役に立ててよかったです」と晴明が微笑む。几帳のこちら側の女房たちが目配せし合った。怜悧《れいり》な美貌《びぼう》の晴明にざわついたようだ。

「晴明どのも実資どものも、たいへんなご活躍であったと伺っています」

「とんでもないことでございます」

庭の木々を風が揺らす。しとやかな香りがした。婉子の薫香《くんこう》も混じっているのだろうか。

少し、晴明どのに内々で相談をしたい、と婉子が言い、お付きの女房たちを遠ざけた。

「典侍からは、実資どのが来るだろうからまずは物語りでもと勧められていたのですが、晴明どのもお連れになるとは……」

と婉子の声にかすかな笑いが混じっている。

「私が勝手に同行しました。お邪魔であれば退散します」

「いいえ。むしろよかったです。いくら典侍の勧めとはいえ、女御たる身で女房を遠ざけて実資どのとだけ話をするのは周りがどう言うかわかりません。晴明どのも一緒となれば、いまのように多少のわがままも通じます」

身分が高くなるといろいろと不便なものなのだ。さまざまな有職故実《ゆうそくこじつ》を知れば知るほど、身分の高い者ほど縛られていると気づく。それが権力者の暴走を縛る面もあるのだが。

実資は小さく頭を下げた。

「典侍どのからご依頼はいただきましたものの、これといって取り立てたもののない非才な身です。王女御さまの心痛にはやはり晴明の占《せん》のほうが必要かもしれません」

「まあまあ。ご謙遜を。蹴鞠のときにはあんなに伸びやかにされてるのに」

実資は頰が熱くなる。晴明が袖《そで》で口を隠して笑った。

「ふふ。ですが、陰陽師というものはときとして聞きにくい話を伺わなければなりません」

几帳の向こうで小さなため息が聞こえたように思う。

「もともと私の入内《じゅだい》も、亡くなった女御忯子さまの身代わりとして出た話。父の為平《ためひら》親王が参内できるようになったのは娘としてうれしかったものです。帝との関係は表向きは仲睦まじいものでしたが、帝は常に亡き女御さまの面影を私やほかの女御たちに求め続けていました」

ほかの女御たちはいざ知らず、婉子自身は帝が契《ちぎ》りを結ばないまま半年が経過し、帝は一方的に去っていったのだ。

実資は胸が痛んだ。帝だから悪く言ってはいけないと思うのだが、下り位の帝はあんまりではないかと思う。亡くなった女御の代わりを求めた気持ちは、同じ男として理解できないこともない。しかし、それ以外の女御を遠ざけるなら、なぜ入内をさせたのか。

実資は日記之家の者として、後宮というものについても多少は理解していた。

後宮には多彩な特徴があるが、もっとも目立つものは女房たちの噂好きという点だ。

帝が何度、どの女御のところで過ごしたかなどはいとも簡単に伝わる話だろう。この年若い王女御は、どれほどの好奇と噂話の対象となったか。

そのたびに彼女はどれほど心を痛めたことだろう……。

頼るべき帝の心はこの世の女性にはもはや向いていない。忯子は死んだことで触れられぬ存在になったが、同時に年も取らない永遠の存在になってしまった。その永遠となった彼女を追って帝は出家してしまった。身も心もすべてを忯子に捧げたのだ。それはほかの女御たちに、女としてどれほどの屈辱を味わわせたのだろうか。

年若く穢《けが》れを知らない王女御にはあまりにも重い苦しみだったはずだ。

そんな場所に長くいて何になる。

「すでに新しい帝が立ちました。王女御さまがこれ以上ここにいらっしゃる必要もありますまい。まずは為平親王殿下のもとへお戻りになられてはいかがでしょうか」

と実資が気持ちを抑えて低い声で言上した。

再び几帳の向こうからため息がする。先ほどよりも重い。

「それがいいのかもしれませんね。ふふ。私では亡くなった女御さまの影を帝の心から追い払うことはできなかった。それどころか私の器量不足が帝のご落飾を招いたのかもしれません。新しい帝はまだ七歳。これから先、政が混乱し、都の人びとが苦しむようなことがあれば、それはひとえに私の力不足……」

「ご自分を責めてはいけません。ご自身でもおっしゃったではありませんか。諸行無常は世の理、と。こればかりは私たち人間にはどうしようもない、と」

言いながら涙が出てきた。入内から現在に至るまでの月日の孤独の中でも彼女は誰も責めてはいない。ただ自らの器量の不足を嘆いている。臣下として帝への尊崇の念は消えないが、男としては思い切り痛罵《つうば》してやりたかった。

初めて几帳の向こうから涙の気配が伝わってくる。

「……そう言ってもらえるだけで、有り難い想いがします。ああ。私も男に生まれていたなら、実資さまと蹴鞠を思うままにできたかもしれませんね」

「王女御さま……」

小さく洟《はな》を啜《すす》る音だけを残して、王女御は涙の気配を消した。

「先の奇病が治まる前後あたりに、ある方からも何かあったら里下がりするよう勧められていたのを思い出しました」

見るに見かねた人物がいたのだろうか。

「左様でございましたか。どのようなお方ですか」

「私は直接お目にかかったことはないのです。父の為平親王のところへ尋ねてきた老僧だそうで」

「老僧……」実資も涙が引っ込む。晴明と視線を交わした。

「父の話では、糺《ただす》の森で修行をしていたとか。峰真《ほうしん》という名の方だそうです。双子の童を連れた方で、私の入内を凶事と言い、早く里に下げよと言っていたとかで……」

やはり自分の入内は間違っていたのだろうかと、婉子の言葉が涙に崩れた。いままで堪《こら》えに堪えてきた気持ちが溢《あふ》れてしまったようだ。それでも、離れている女房たちに気づかれまいと息を殺して泣いている姿に、実資もまた泣けてくる。

同時に、峰真の名に実資の体がこわばっていた。峰真こそはあの蘆屋道満が名乗っていた偽りの名ではないか……。

道満め、と口の中で老僧の名をかみ殺し、あることを思い立って実資は顔を上げた。

「王女御さま。いまは五月雨《さみだれ》の季節も過ぎ、今日は日が出ています。蔵人《くろうど》や近衛《このえ》の者を捜して実資が蹴鞠をご覧に入れましょう」

婉子の驚きの声が聞こえた。自分は利口ではないな、と実資は情けなく思う。このようなときに気の利いた言葉のひとつも出せずに何が日記之家か。

けれども、ときには身体《からだ》を思い切り動かした方が晴れる気分もあるはず。蹴鞠のできぬ婉子の無聊《ぶりょう》を慰められれば、自分の蹴鞠もただの遊びにならずに済むというものだった。

実資は蹴鞠のできる蔵人たちを捜しに簀子《すのこ》を急いだ。

かすかに婉子の吹き出す声が聞こえたような気がする……。

蹴鞠の妙技を散々に披露し、へとへとになった実資に晴明が冷たい水を手渡ししてくれた。

「見事だった」

「久しぶりだったから疲れたよ」

「おぬしが懸命に働いてくれている間に、私の方でも仕事をしていた」

「仕事？」

「占を立てて式を放った。王女御さまの言うとおりのところで見つけたぞ。あの〝老僧〟を」

と、晴明がにやりと笑った。


翌日、実資と晴明の姿は賀茂《かも》川と高野《たかの》川の出合うところにほど近い糺の森にあった。ここはいわゆる賀茂大社のうち賀茂御祖《かもみおや》神社にある森だった。さらに北にある賀茂別 雷 神《かもわけいかずち》社が上賀茂《かみがも》神社と呼ばれるのに対して、こちらは下鴨《しもがも》神社の呼称でも知られている。

しんしんとした森は、それ自体が異界の空気を漂わせていた。

黙っていても人ならざるものの存在を感じるようである。

「いつ来てもここはすごいな」

と実資が森の力に圧倒されたように木々を見上げていた。

晴明のほうは、もう少し涼やかにしている。

「賀茂大社は陰陽師の名家である賀茂家の祖先。糺の森はその境内地《けいだいち》という顔もあるから、われら陰陽師にはなじみ深い場所でもあるな」

すると晴明の声に応《こた》えるように、少し向こうの木の上から声がした。

「左様。われら陰陽師にさまざまに力を与えてくれる場所じゃ」

ぎょっとなって見上げれば、太めの木の枝に襤褸《ぼろ》姿の道満が立っている。

「捜しましたよ」と晴明はにこやかに一礼した。

「割とすぐにわかるようにしておいたのじゃがな」道満は悪びれもせずに笑っている。

「帝がご落飾なさるよう、裏で糸を引いていたのはおぬしなのか」

と実資が糾弾の声をたたきつけた。

「あんまりな言い方じゃな。年上への礼儀はどうした？　日記之家よ」

「話をそらすな」

「裏で糸などひいておらぬぞ」と道満がふわりと木から飛び降りる。重さのない紙が落ちるように地面に立った。「わしが描いた絵の通りに物事が動いたに過ぎぬ」

「何だと？」

「最初に教えてやっただろう。わしがやろうとしていることを。都をひっくり返したいと言ったのを覚えておらぬか」

「…………」

「最初はひとりひとり貴族を宮中から追い出していったが、面倒になった。本心はあんな帝、殺してしまおうと思っていたが、おぬし程度でも激怒するのでそちらもやめた。その代わり、方違《かたたが》えと称して権中納言義懐を遠ざけ、左中弁惟成には一服盛って腹痛で寝込ませた。ふたりを遠ざけるとともに兼家どもの耳にあれこれ吹き込んだら、こうなった。人の世とは不思議なものよな」

と道満がしゃがれ声で笑ってみせた。

実資が顔に怒気をみなぎらせる。晴明が止めた。

「どうしたのだ、実資。おぬしはそれほど下り位の帝の肩を持っていなかったろう？」

その制止を振り切るように、実資が道満に続ける。

「だからと言って、王女御さまにまで暴言を吐いたのか」

「くく。暴言とな？」

「入内は凶事であった、里へ戻れと、王女御さまの御尊父に言ったのだろ⁉」

道満が糸を引くようににやりと笑った。

「くくく。そうであれば、どうだというのかね？」

かっとなった実資を、晴明が力尽くで押さえた。

「やめろ、実資。怒れば道満どのの術中にはまるだけだぞ」

「くっ……！」

道満が相変わらず楽しげにしている。

「ほっほっほ。晴明のおかげで命拾いしたな、小僧。もう一歩おぬしが踏み込めば、必殺の呪をぶつけてやったところじゃったぞ」

「そんな脅しに乗るかっ」と実資。

「脅しかどうか試してみようか？」

危険な挑発を続ける道満と実資の間に晴明が割り込んだ。

「道満どの。先ほどのお言葉には嘘《うそ》がありますね」

「……ふふ」

「道満どのは帝のご落飾について兼家どのや道兼どのに持ちかけた。それは事実でしょう。けれども、それを実行したのはあの父子であり、帝ご自身。いかに道満どのがすぐれた術者でも、人をそこまで正確に操れるとは思えませぬ」

風がそよいだ。烏《からす》の鳴き声がする。

思い出したように川の音が耳についた。

晴明の問いに答えず、道満はぼろぼろの衣裳《いしょう》の胸元から一冊の本を取り出して、見せた。

「これはおぬしが書いていた『簠簋《ほき》内伝《ないでん》』。安倍晴明秘伝の占の秘伝書」

晴明の涼しげな顔に緊張が走った。

「まだ書きかけのものを、どうして道満どのが？」

「くくく。先日はわが式の双子を捕らえてくれた。じゃが、わしとて無策に式を捕らえられたわけではない。あの双子の童におぬしの式の目が向いたわずかな隙《すき》に、盗ませてもらった」

晴明が苦笑する。

「蘆屋道満ともあろうお方が、盗人《ぬすっと》の真似《まね》とは趣味が悪い」

「ほっほ。言うただろう。わしは極めたいのじゃよ。陰陽師の業を」

「…………っ」

晴明が顔をしかめた。珍しいことだった。まずいのか、と実資が小声で尋ねると、まずいな、と答えが返ってきた。自らの奥義をいくつか書物の形にしたものだという。

「おぬしの奥義とわが呪を組み合わせれば、人の心を操る術の片鱗《へんりん》にはたどり着けるというものよ」

「それで帝や兼家父子を操ったのか」

道満は凄《すご》みのある笑みを浮かべると、これ見よがしに印を結んだ。

「臨・兵・闘・者・皆・陣・列・在・前——大ッ。怨敵調伏、命、禁、息、生、止ッ」

赤黒い稲妻が道満の印から発された。

閃光《せんこう》は晴明の狩衣《かりぎぬ》の胸を貫く。

「……ッ⁉」

晴明の目が大きく見開かれ、動きが停止する。身体がよろめき、そのまま後ろにどうと倒れた。

「晴明ッ」

実資が駆け寄る。倒れた晴明の目は何も見ていない。晴明、晴明、と揺する。しかし、何の返事もなかった。

何度も呼びかけるうちに実資の目から涙が溢れる。

その涙が晴明の頰を濡《ぬ》らした。

だが、白い狩衣の陰陽師からは何も返ってこない。

晴明は絶命していた。

道満が冷酷な顔で見ている。

「無理じゃよ。呪で心の臓を潰した」

「なぜだっ。なぜ命まで奪う必要があった⁉」

道満が背中を向けた。

「わしと晴明は陰陽師同士。いつかは雌雄を決さなければならないのは互いにわかっていた。奴は都を護る。わしは都を壊す。ならばこうなるのは自明よ」

道満はそれだけ言い残すと、森の奥へと消えていく。白い蝶《ちょう》がたゆたっていた。


道満の姿が見えなくなると、実資は急に体が震えだした。腕の中の晴明の体の重みがのしかかるようだ。

安倍晴明が死んだ。

その事実が否応なく実資の腕の中にあるのだ。

都を霊的に護っている陰陽師たちの、最強のひとり。十二の式を操り、うち四つの式は都を四神相応の地とさせている人物。あらゆる陰陽の業に通じた巨人が、こんなところでこんなふうに死んでいいのか……。

どうしてこうなったのか。

これからどうしたらいいのか。

ただ涙がせり上げてきた。

そのときだった。

だらりと力なく後ろに倒れていた晴明の首が据わる。晴明、と驚く実資のまえで晴明が目を開けて不敵に笑った。

「せ、晴明⁉」と実資が腰を抜かす。

思わず晴明の体から飛び退《の》いた。放《ほう》り投げられた彼の体がむくりと起き上がる。その顔には生気がみなぎっていた。

「やれやれ。放り出すこともあるまい」

「おぬし、死んだはずでは……」と実資が今度は恐怖に震えている。

晴明がにやりと笑った。その体から金色の光が発される。光の中で体と顔が変化していった。

光が止《や》んだとき、そこに立っていたのは騰蛇だった。

「知らぬ仲でもないのに、冷たいな」

「騰蛇⁉」今度こそ実資は大声になる。「どういうことだ。晴明は――」

「私ならここにいる」と晴明の声が背後からした。

振り返れば、晴明が近くの木の陰からするりと姿を現す。

「晴明っ」

「ふふ。先ほど烏の声がしただろう。あれは騰蛇。あのときから入れ替わっていたのだよ」

晴明の言葉の意味がわかるまでしばらくかかった。意味がわかったら、実資はそのまま仰向けに倒れた。

「おいおい。そういうことは先に言っておいてくれよ」

両手で目を覆い、それだけ言うと実資のほうが動かなくなった。

「泣いてるみたいですよ、晴明さま」

「ううっ。うるさい。黙っててろ」

「うう。うるさい。騰蛇。黙ってろ」

晴明は髭《ひげ》のない顎をつるりと撫《な》でた。

「さて、道満どのに仕返しをしに行くとしようか」

「え？　ああ、そうか。秘伝書を取り返しに行くのか」

実資が上体を起こすと、晴明は首を横に振る。

「おぬしに日記で陰陽師について書くのは難しいと言っていた私が、自分の秘伝をすべて書物に書いていたと思うか」

「あ……」

「道満どのの行方は白蝶の式に追わせてある。行くぞ。――道満どのはまだ何か隠しているようだからな」

晴明が歩き出した。騰蛇が続く。実資は慌ててあとを追った。

道満の行方は意外であり予想通りでもある場所だった。

牛車を飛ばしに飛ばして向かった先は土御門《つちみかど》大路――晴明の邸である。

晴明たちが牛車から降りると、門のそばに六合が現れた。

美貌の式は静かな表情で主を迎える。

「晴明さま。蘆屋道満、当邸の中に」

「すまなかったな。六合。わざとおぬしたち十二天将に結界を緩めて道満どのに入り込ませよなどと命じて」

「まったくです。穢らわしい」

と言いつつ、六合の顔には一切の感情がなかった。目の奥に怒りが渦巻いている。道満を捕まえるためとはいえ、自らの務めである邸の結界護持を放棄させられたことに怒っているらしい。

「道満どのは?」

「母屋の奥で、主の書物をあさっています」

六合の言葉通り、母屋の奥に道満はいた。どっかりと座り込み、山と積み上げられた書物に片っ端から目を通している。

「書物を読んだだけで盗めるほど陰陽道とはかんたんではないことくらい、道満どのならご存じでしょう」

晴明が声をかけると、道満が驚愕《きょうがく》の表情で書物から顔を上げた。

「――おぬし、生きておったか」

「泰山府君祭を先日しました。おかげで、冥府《めいふ》の神には融通がききまして」

道満が大笑した。

「ははは！　さすが安倍晴明。陰陽師はこうでなくては」

「先ほどは不意打ちを取られました」

道満が立ち上がる。

「わしは帝を落飾させた大罪人ぞ。捕まれば死罪は必定《ひつじょう》。じゃが、わしは陰陽師。すべては闇から闇へ。おめおめと捕まるよりは、ここでおぬしを殺して逃げおおせてくれるわ」

「今回は私から行きましょう。――騰蛇」

晴明が式の名を呼ぶと、「応ッ」と騰蛇が答えた。騰蛇の全身が火炎に燃え上がる。

騰蛇は腰に差した剣を抜き放ち、道満に切りつけた。

道満の姿が紙を丸めるようにくしゃりとなる。

「ほっほ。いきなり切りつけてくるとは、どうやらおぬしの式にだいぶ嫌われてしまったようじゃのう」

声は庭からした。振り向けばいつの間にか襤褸姿の道満が庭に立って印を結んでいる。

「おん・まゆら・きらんでい・そわか――仏母大孔雀明王《ぶつもだいくじゃくみょうおう》よ、われに力を」

道満が唱えたのは孔雀明王の真言《しんごん》。孔雀を神格化した仏尊で、孔雀が毒蛇をも食べ尽くすように人間の心の諸々の煩悩を滅して悟りに導くとされている存在である。

晴明の邸の庭の松の木が揺れた。と思う間に、松の葉が晴明に向かって飛んでくる。ただの葉ではない。飛来する間に太く長くなり、槍《やり》と化していた。

「六合ッ」と晴明が命じる。

美貌の式が槍のまえに立ちはだかった。

あぶない、と実資が思わず声を出す。

六合はまったくひるむ様子もなく、飛んでくる槍に、奈良《なら》の都の衣裳特有の長い袖を幾度か振り返した。

槍の動きが止まる。

一瞬の間を置いて槍はもとの松の葉に戻り、地面にぽろぽろと落ちた。

「不浄なるものよ、去れッ」

六合が眉をつり上げて道満に宣言している。

晴明が印を結んだ。

「お返ししましょう。――おん・まゆら・きらんでい・そわか」

と、晴明が道満と同じ孔雀明王真言を唱えた。
「さすが晴明。やりおるッ」
道満が飛び退く。
ついさっきまで彼がいたところへ、松の葉の槍が幾本も突き刺さった。
そこへさらに騰蛇が剣を振るう。
道満は転がりながらそれを避けつつ、九字を切って身を守った。
立ち上がった道満は息のひとつも上がっていない。
どう見ても老爺の肉体で、晴明とふたりの式に対して互角の戦いを展開している。
「化け物か」と実資が呆然と戦いを見つめていた。

大地が揺れるような呪の数々。空が割れるような霊気のぶつかり合い。
道満が晴明に呪を放つが、晴明はそれを受け流し、同じ呪を老陰陽師に繰り出す。
晴明が新しい真言を唱えれば、道満はそれに対抗しようと未知の呪を展開した。
呪の槍は無数に庭に刺さり、同じく呪でできた剣が互いに何合も切り結び合っている。
さらに互いの式がぶつかり合う。

「怨敵退散、呪詛《じゅそ》解除ッ」

と道満が呪符を幾枚も放る。それらは中空で黒い蝶に変わった。

「何と！」と騰蛇が幾羽もの蝶に動きを抑え込まれる。

「唯・光明・唯・仏・神・光明・悪心・封印ッ」

晴明が呪を唱え、五芒星《ごぼうせい》を切った。道満は自らの九字で対抗しようとするが、黒蝶の呪符を使ったせいで刹那《せつな》の遅れを生じている。

その刹那が決め手だった。

五芒星が九字を押し切る。すさまじく濃厚な霊気と呪と術の場が嵐のように荒れ狂いながら、五芒星もろとも道満を吹き飛ばした。

ぐ、という低い声を発した道満が、体を歪《いびつ》な形に折りながら宙を舞う。

時が止まったように襤褸姿が空に浮いていたが、どうと地面に落ちた。

騰蛇が剣を、六合が刀印を突きつけた。

勝負は決されたのだった。

「が……は……」

倒れた道満が苦しげにあえいでいる。

晴明が近づき、見下ろした。

「道満どの。これで終わりにしますか。続けますか」

「はっ、はっ、はっ……」と荒い息を繰り返しながら道満が首を横に振る。

「今度こそ、晴明が勝ったのか」と実資がつぶやいた。いままで見ていた呪と術のぶつかり合いも、まるで夢のようだった。

「道満どの。いくつかまだあなたは私たちに隠していらっしゃる」

「…………」

「今回の一件。道満どのがもっとも力を貸した、言ってみれば『雇い主』は誰ですか？」

道満が渋い顔で息を整えている。

「それは、兼家親子ではないのか」

「あのふたりが雇い主なら、わざわざ自分のことを記憶から消す必要はないからな。それに道満どのは私たちと違って陰陽寮から禄《ろく》をもらってはおらぬ。どこかから対価をもらわねば生きていけぬよ」

道満の頬に皮肉げな笑みが浮かぶ。

「負けた以上は、話さねばなるまいな……。わしを今回雇ったのは——為平親王」

意外な人物の名前に、実資は目をむいた。

「あなや。為平親王殿下といえば、王女御さまの御尊父ではないか」

「もともと、そんなつもりはなかったのじゃよ」と道満が仰向けのまま苦笑している。

「おぬしらが命を救おうとした頼秀とやらにちょっかいを出そうとしていたのじゃ」

野心のある彼は、道満の〝遊び道具〟にはもってこいだった。ああいうのをけしかけて、権力にあぐらをかいている連中の鼻を明かせば、多少は山に囲まれた都も風通しがよくなるだろうと思ったのだとか。

「ところが、ちと気が変わった」

「なぜ？」

「くく。あの男には娘がいたじゃろう？」

「典侍どののことですね」

ああ、と道満が鷹揚《おうよう》に返事し、さらに顔をしかめて、

「帝とは名ばかりの女好きが、典侍にさっそく手を出そうとしてな。女御たちにはもう手を出さなくなっていたくせに、たまのつまみ食いならしたかったらしい。だから、ちょっと典侍の体調を崩させてやった。帝の食指から逃がすためじゃ」

「なるほど。典侍どのがご実家に戻っていたのは、道満どのの仕業でしたか」

「考えてみれば典侍だけではなく、その娘と仲がよかった婉子女王もあはれなものじゃと思い至ってな。父の為平親王に近づいた」

と、道満が体を起こした。

為平親王の心は複雑に折れ曲がっている。

もともと冷泉帝《れいぜい》の弟で東宮に立てる者だったが、妻が源氏《げんじ》だったばかりに藤原の連中からにらまれて東宮になれなかった。それどころか安和《あんな》の変を企んだとされて、長く参内もできない有様。道満にとって変の真相はどうでもよかった。ただ、父親の失態に娘が巻き込まれたり、帝の権威に傷がつくような人物の御代《みよ》が長引くのはばかばかしい。

「そこで帝の退位まで考えたのか」

と実資は気の遠くなる思いがした。発想が常人から逸脱しすぎている……。

「ちょうどよく奇病が流行ったので、その悪気を吸い取って帝の退位のために使えるかと思ったのじゃが、ふん、それより先にあっさり落飾しおったわ」

そこでふと実資は疑問を抱いた。

「為平親王殿下は今回の件に何か関《かか》わっているのですか」

もし関わっていれば、安和の変に続いて二回目。親王とはいえ、重罪を免れ得ないだろう。道満は顔をしかめた。

「思ったよりも肝の小さい男でな。奴の願いは娘の婉子女王の安泰だけ。だからそれをかなえてやることにした。愚かな帝から取り戻すという形でな」

要するに、すべては自分の一存だと言っているのだ。実際に帝を寺へ案内したのは兼家たちだが、彼らをそそのかしたのは道満ひとりの考えによるのだ、と。

「なるほど。だいたいわかりました」

「くく。おぬしの『だいたい』は『すべて』の間違いじゃろう」

「とんでもない。わからないことだらけですよ。ですが、ひとつ。はっきりさせておかないと実資が落ち着かない事柄があります」

「俺が？」と実資が自分の顔を指さす。

「王女御さまの入内を凶事と言ったそうですね」

「ああ。言ったぞ」

思い出した実資が険しい目つきで老陰陽師を見下ろした。

「その『凶事』は誰にとってのものだったのでしょうか」

道満は不敵に笑っているだけである。

「道満どのが言わないなら私の推測を申し上げましょう。王女御さまの入内は『婉子女王』という女性にとって凶事だったとおっしゃりたかったのではありませんか」

「え？」と実資が晴明の顔を見た。「それでは、王女御さまの入内に道満は反対していたというのか」

道満は何も答えないでいる。

晴明はほろ苦い笑みを浮かべて、老いた術者を見つめた。

「かつての六《ろく》の君《きみ》の面影でも見いだされたのですかな」

道満が彼をにらみつける。

「いらぬ詮索《せんさく》をするものではない。呪い殺すぞ」

そのときだ。

道満がごぼりと血を吐いた。

「道満どの」と晴明が膝《ひざ》をつき、倒れようとした道満の体を支える。

「やはり年には勝てぬ。晴明の邸の蔵書をあさって、いますこし寿命を延ばせぬものかと思ったが、試す暇もなくおぬしとの術比べ。だが、こうやって最期に思い切り呪をぶつけ合えたのは本望ぞ……」

しわだらけの道満の顔にどす黒い死相が浮かんでいた。

「実資に呪をかけたり帝の落飾を図るよりも、ご自分の養生をすればよかったのに。こう、いう、なることは天文が指し示していたのですから」

「くく。あの男はどのみち帝の冠を捨てて己ひとりの平安と色を求めよった——それが安倍晴明の占だったか」

そう言っている間にも道満の体がしおれていくようだ。

どういうことなのだ、と実資は晴明を促す。

「道満どのが何のために都を転覆させようとしたか、という話だ」

人びとが生き、笑い、泣き、愛し合い、死んでいくこの都をひっくり返してもよいとまで思い詰めるのは強大な意思が必要になる。

「それは——王女御さまや典侍どののためだったというのか」

実資は信じられないものを見るように、道満を見た。

「惚《ほ》れた腫《は》れたなどではない。ただ、女子供が泣くのは胸糞《むなくそ》が悪い。そんな胸糞悪い都ならぶっ潰して構うまい？」

どうせこの世に生まれたのなら、誰しも幸せになればいいではないか……。

「道満……」

実資の目頭が熱くなる。

老陰陽師の目的を果たすためには、都そのものを壊滅させる必要はなかった。帝の落飾で十分だったのだ。だが、その目的を悟られまいとして、言ってみれば方々にちょっかいを出して回ったのが一連の騒動だったのである。

だがそれも、晴明に言わせれば「帝の落飾は天文ですでに示されていた」ことになる。

徒労といえば、これほどの徒労もない。

「人生というのはままならぬもの。……だからこそ、いとをかしよ」

と道満がにやりと笑う。

「道満どの。もうしゃべるな」

と実資が痛ましげにのぞき込んだ。

「日記之家の小僧……いや、藤原実資どの。人のよい奴よ」

にやりと笑った道満が、刀印を振るう。実資の体が飛ばされ、騰蛇がかろうじて支えた。

「道満どのッ」

と言う晴明の声に悲痛な色が混じっている。

晴明の手を振り払って道満はゆらりと立ち上がる。

その手にはどこに隠していたのか短い太刀があった。

「この蘆屋道満、死を賜るのも寿命で命を終えるのも、どちらも好かぬ。死ぬるときは自ら選ぶ。此度の一件、まことに愉悦であった。晴明よ、一足先に行っている。黄泉《よみ》の国でまた遊ぼうぞ」

残っている力で道満は呪を叫び、太刀をおのが腹に突き立てた。

呪が火炎となり、老陰陽師の襤褸を包む。

火に焼かれて道満の手足が細くしなびていった。

かりそめの結び

道満《どうまん》の焼身からひと月が経《た》った。

幼い帝《みかど》の御代《みよ》が本腰を入れて始まり、宮中は慌ただしい。

その慌ただしさから無縁のように晴明《せいめい》は静かだった。

邸《やしき》の母屋《もや》のいつもの柱に寄りかかり、空を眺め、風の声を聞いている。

「晴明！　晴明！　いるか？」

と実資《さねすけ》が入ってきた。

実資、その手に大量の紙束を持っている。

紙が貴重な時代で、かなりの贅沢品《ぜいたくひん》を手にしていると言えた。

晴明が苦笑している。「一体どうしたのだ。いや、そのまえにお見舞い申し上げねばな」

「見舞い？」

「帝の代替わりに伴い、蔵人頭《くろうどのとう》ではなくなったのだろう？」

微妙な言い回しだが、新しい帝での人事一新の巻き添えにあったのである。これには実資のほうが苦笑で答えた。

「ふふ。よく知っているな」

王女御たちやその女房といった下り位の帝の周辺にいた者たちも、実家に戻ったり新しい務めを得たり、身の振り方が決まった頃《ころ》である。

「陰陽師《おんみようじ》とはそういうものさ。動き回っていろいろな話を集める者もいるだろうが、私の場合はじっとしていることでいろいろな話が入ってくるからな」

蔵人所《くろうどどころ》からは出ていく形になってしまったのだが、実資は晴れ晴れとしている。

「左中将のほうは残っているからまったくの無役でもないのだが、肩書きが軽くなるのも、しがらみがなくていいものさ」

「はは。公家《くげ》はもとより僧たちでさえ自らの位に執着することしばしばだというのに、おぬしはからりとしているな」

「日記之家《につきのいえ》の者とはそういうものさ」

実資が晴明の口ぶりをまねた。水を持ってきた六合《りくごう》が小さく笑っている。

「それで、その大量の紙はやはり日記なのか」

「ああ。日記だ。だがこれはすべて捨てる」

晴明と六合が不思議そうにしていると、実資は庭へ下りた。庭先を借りるぞ、と持ってきた紙束を庭に置くと、六合に頼んで火をつけたではないか。

さすがに晴明が焦ったような声になった。

「おい。燃やしてよいものだったのか」

ああ、と実資が明るい表情で答える。

「おぬしと出会ったあの火事の日から、先だってのことまでを書いた箇所だ」

「あらあら。これまでは主《あるじ》さまのすべてを書き留めるとご執心でいらっしゃったのに、どういう風の吹き回しでしょうか」

美しい六合が小首をかしげると、実資がきっぱりと答えた。

「先日の晴明の秘伝書の一件で思うところあってな。文字に書いただけでは本当の意味は伝わらないし、奥義を明かさないように隠しておくのも大切なのだとおぬしが常々言っていたのを心底から悟ったのだよ」

「なるほど。では、これからは陰陽師のことは書かないか」

すると実資が難しい顔になる。

「そういうわけではない。おぬしの事績は俺の日記の中にばらばらに書き込む」

「ふむ?」

「人を変えたり、日時を変えたりしながら。ときとしてたとえ話や説話のほうが釈迦《しやか》大如来《だいにょらい》の教えを汲《く》んでいるように、おぬしが伝えたい心だけを取り出して残していこうと思うのだ」

晴明の涼やかな目が実資を見つめた。まるで清流のような透明な目だなと実資は思った。

ふと、晴明が意地悪な笑みになる。

「おぬしの書くものは日記なのだから、月日を変えるにしても、出来事の順番に書かねばよくわからないだろう。焼く前に確かめておけばよかったのに」

実資は狼狽《うろた》えた。

考えればその通りだ。

しかし、焼かれてしまったものは元には戻らない。

しばらく悩んで――自分がからかわれていると、実資は気づいた。

その頃には実資の日記はすっかり灰になっている。


晴明が六合に酒の用意をさせた。

「いま思い出したのだが、このまえ、晴明が言っていた『六の君』というのはどなたのことだ？」

実資の質問に、晴明が静かに答える。

「かつて、道満どのが愛した女性よ」

実資は思わず飲み慣れない酒を口にしたときのような表情になった。

「それは……」

「ふふ。人として生きて誰《だれ》かを愛し、誰かのために懸命になる。当然のことさ」

蟬の声が強く耳を覆う。夏雲が白い。

「その六の君と似ていたのだろうか」

「婉子女王殿下や典侍どののがか？　さて、それはどうだろうか。私は殿下たちの顔は見ていないし」

「六の君の顔は見たことがあるのか」

「さて、どうだったかな」

やや黙って、実資が酒をあおった。

「呪術《じゅじゅつ》に取り憑《つ》かれたようなあの老爺《ろうや》にそんな心があったということが、俺にとってはどんな呪《しゅ》よりも心を揺さぶられたよ。何だろうな、この気持ち」

「ふふ。散々な目に遭《あ》っておきながら人のよいことだ」

酒がしばらく進んだところで、出し抜けに晴明がこんなことを言った。

「実資よ」

「うむ？」

「おぬしに近々、恋の芽生えがあるようだぞ」

実資はむせた。

「ごほっ。……何だって？」

「おぬしの半分くらいの年の方は好きか」

実資の顔が激しく熱くなる。

「それは、おぬし、まさか――」

「そういえば中納言どのから相談があったな。何でもひょうたんの中から人の声がするという」

「な、何だそれは!?」

驚いた実資が膳《ぜん》に体をぶつけ、杯《さかずき》をひっくり返す。

実資はこぼした酒の後始末をしながら、「それ、ついていくからな。日記に必ず書くからな」と晴明に釘《くぎ》を刺していた。

晴明が杯を空けると、六合が酒をついだ。

「実資さまはいつまでも見飽きませぬ」

そうだな、と晴明が頷《うなず》く。

遠くで鳥が鳴いた。邸の向こうを牛車《ぎっしゃ》が通る音がする。

木々を揺らす風が頰《ほお》に涼を運んでくれた。


……実資と晴明が杯を重ねていたその頃、実資と行き違いがあった顕光《あきみつ》のところへ、土中から掘り返された何かが運ばれてきた。

土を払うと形からして小柄な人間のようだった。

腹の辺りに短い太刀を刺し、全身は火で焼かれていた――。

Haruki Bunko
ハルキ文庫

え 6-1

晴明《せいめい》の事件帖《じけんちょう》 消《き》えた帝《みかど》と京《きょう》の闇《やみ》

著者 遠藤《えんどう》 遼《りょう》

2022年3月18日第一刷発行
2022年4月8日第二刷発行

発行者 角川春樹

発行所 株式会社角川春樹事務所
〒102-0074 東京都千代田区九段南2-1-30 イタリア文化会館

電話 03(3263)5247(編集)
03(3263)5881(営業)

印刷・製本 中央精版印刷株式会社

フォーマット・デザイン 芦澤泰偉
表紙イラストレーション 門坂 流

ISBN978-4-7584-4465-1 C0193 ©2022 Endo Ryo Printed in Japan
http://www.kadokawaharuki.co.jp/[営業]
fanmail@kadokawaharuki.co.jp[編集] ご意見・ご感想をお寄せください。